별게 다 영감

어느 마케터의
아카이브

이승희 지음

별걸 다 꺼내기 위해

책의 시작부터 이런 말을 해도 되는지 모르겠지만, 영감계정@ins.note은 철저하게 '아카이빙'을 위한 거였다. 그러니까 단순히 내가 관심 있는 것들을 담아두는 용도였다. 인스타그램은 텍스트뿐 아니라 사진, 영상 등을 스크랩하기에도 최적화된 플랫폼이니까.

그런데 어느 날 누군가 "저도 영감노트 계정 만들었어요!"라며 내 계정을 언급하는 일이 일어났다. 반가운 마음에 리그램을 했는데, 웬걸, 예상치 못한 인증이 일주일 정도 계속되었다. 약 300명의 사람들이 "저도, 저도 영감계정 하고 있어요!"라며 자기만의 영감계정을 꺼내 보여주기 시작한 것이다. 혼자 하던 일이 함께하는 일로 변해가는 모습을 보면서, 언젠가는 이 영감계정을 어떤 형태로든 세상에 알려보고 싶은 막연한 기대가 들었다. 아직까지 세상에는 눈을 질끈 감고 싶게 하는 것보다, 알리고 싶은 것들이 가득하다(고 믿으니까).

"사람들에게 도움이 되거나 좋아 보이는 것,
호기심이 생기는 것, 새로워 보이는 것이 있으면
그것을 알리고 따라 해보는 것이 즐겁다."

이렇게 써놓으니 마음만 먹으면 바로 할 수 있는 일처럼 보이지만, 사실 무언가를 알리는 데는 나름의 '용기'가 있어야 한다. 따라 하는 건 차후 문제다. 우선 타인을 의식하지 않을 용기가 있어야 한다. 누군가는 내 영감계정을 보면서 "이런 게 다 영감이라고?"라고 할 수도 있을 것이다. 실제 그렇기도 하다!

하지만 처음부터 위대한 것이 있을까? 아니, 위대한 것과 그렇지 않은 것의 기준이 있긴 한가? 마틴 스코세이지 감독도 "가장 개인적인 것이 가장 창의적인 것"이라고 말하지 않았던가. 사소한 것들의 집합소 같은 영감계정을 '책'으로 내고 싶었던 것도, 사소한 것의 장엄함을 보여주고 싶어서였다. 어쩌면 영감계정을 운영하는 데는 많은 글이나 영감보다 많은 자기 확신이 필요한 듯하다.

나는 영감노트에 별별 일을 다 기록하고 공유한다. 오늘 아침에 한 생각도, 친구에게 들은 이야기도, 지난 달에 읽은 책도, 언젠가 갔던 맛집 후기도 내 안에 존재하는 소중한 콘텐츠라는 생각에서다.

꺼내지 않을 뿐, 누구나 자기만의 콘텐츠를 갖고 있다. 어떤 식으로든 내 생각을 꺼내 보여줘야 나라는 존재를 더 단단하고 뾰족하게 만들어갈 수 있다. 내가 던진 말들이 영감의 주파수가 맞는 사람들을 만나 더 나은 생각으로 발전하는 것을 보는 즐거움은 굳이 설명할 필요도 없다. 일상적 기록은 나에 대한 증거가 되기도 한다. 하루하루는 지나치면 무료하다. 그러나 기록한 후에 들여다보는 하루하루는 특별하다. 기록이 나만의 언어를 만들고, 내 생각과 뜻을 알리게 하는 것이다. 모두가 '크리에이터'가 될 수 있는 시대에 내가 생각하는 크리에이터란 완전히 새로운 것을 만들어내는 사람이 아니다. 자신의 이야기를 자유롭게 꺼낼 수 있는 사람, 자기 생각으로 일을 만들 줄 아는 사람이라면 누구나 크리에이터 아닐까.

책을 쓰면서 2018년부터 영감노트 인스타그램@ins.note에 적은 것들을 가급적 날것 그대로 가져오려 노력했다. 영감은 만들어진 무언가가 아니라, 미완성 형태로 나를 자극하는 거니까. 날것에 가까운 사진과 글을 보고 읽으면서 조금은 낯설 수도 있다. 그럴 때면 '이런 것도 영감이 된다고?' 하는 마음으로 읽어주시길 바란다. 그동안 인스타그램 안에서만 내 영감이 빛을 발했다면, 이제는 더 많은 분들에게 별것 아닌 무언가가 영감으로 작동했으면 한다.

그렇다. 이 책에는 별걸 다 영감으로 수집하는 과정이, 영감이 기획으로 익어가는 과정이, 나라는 콘텐츠를 만들어가는 과정이, 결과물보다는 중간 단계에 가까운 이야기가 담겼다. 이 책이 누군가에게 아웃풋을 내는 레퍼런스가 될 수도 있고 책 속 영감을 더 나은 아이디어로 발전시켜봐도 좋겠지만, 사실은 그냥 "맞아, 맞아" 하면서 공감해준다면 정말 기쁠 것 같다. 그래야 앞으로도 내가 좋아하는 것들, 아니 별걸 다 꺼낼 수 있을 테니까.

기록자 이승희

영감(靈感) 「명사」

창조적인 일의 계기가 되는 기발한 착상이나 자극.

"어디서 영감을 얻으세요?"

영감의 시작은 떠들썩한 '호들갑'으로부터

매일매일 하늘에서 쏟아지는 영감을 놓치지 않으려면, 지금 꽂혀 있는 테마가 있어야 한다. 그리고 일상을 어린아이의 눈으로 바라보며 호들갑을 떨어야 한다. 호들갑을 떠는 만큼 반짝이는 것을 발견할 수 있다. 호들갑을 떠는 사람은 남들보다 크게 감동할 줄 아는 사람이다. 어린아이처럼 모든 것에 신기해하고 감동을 잘 받는 사람과 그렇지 않은 사람은 받아들이는 영감의 양이 다르다. 무언가를 특별하게 바라볼 줄 아는 사람의 눈과 손을 거치면 별것 아닌 것도 특별해지듯.

뭉툭한 것을 뾰족하게 다듬는 것은 태도에서 시작된다고 믿는다. 태도라 말하니 뭔가 거창하게 들릴지도 모르지만 다른 말로 하면 '사소한 것을 위대하게 바라보는 힘'이다. 이런 태도를 가진 사람만이 영감을 얻는다.

기록은 언제나 진행형

내 기록의 시작이 된 작은 영감노트. 일상에서도 여행에서도 일할 때에도 언제 어디에서든 꺼내어 쓴다. 나를 기록자라고 소개하고 싶은 이유다.

내게 기록은 한마디로 생각의 단초를 붙잡아두는 습관이다. 기록의 가장 좋은 점은 완성형이 아니어도 된다는 거다. 기록은 언제나 진행형이다.

영감은 대단한 게 아닙니다

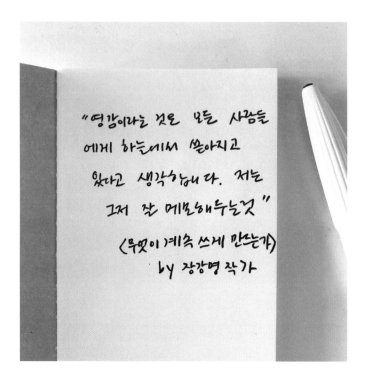

"영감이라는 것은 모든 사람들에게 하늘에서 쏟아지고 있다고 생각합니다. 저는 그저 잘 메모해두는것"

〈무엇이 계속 쓰게 만드는가〉
by 장강명 작가

잘 메모해두는 것뿐입니다.

우리는 모두 지식 전달자

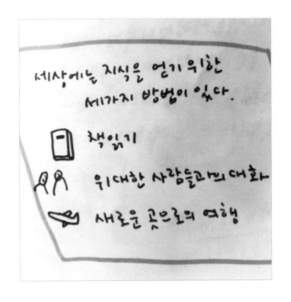

지식을 얻기 위한 세 가지 방법. 써놓고 나니 내가 자주 하는 행동인데 지식의 진짜 의미에 대해 다시 생각해보게 된다. 내 생각을 깨주는 생각, 시간을 지혜로 다듬고 쌓아올린 사람들의 이야기, 장소를 옮겼을 때에만 느낄 수 있는 새로움이 요즘의 지식 아닐까. 이런 관점에서 우리는 모두 지식 전달자다.

일상의 균형감각

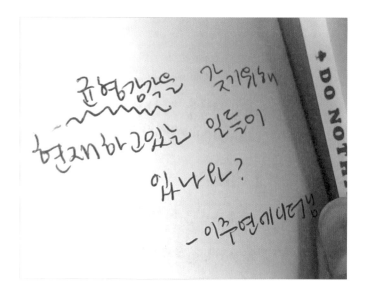

요즘 가장 집중하는 것 중 하나, '일상의 균형감각'을 잡는 일.
〈AROUND〉 매거진 인터뷰에서 '일상의 균형감각을 갖기 위해 하고
있는 일이 있나요?'라는 질문에 쉽사리 대답하지 못했다. 일상의 균형
감각을 찾기 위해 어떤 준비를 해야 할까? 해야 할 것과 하지 말아야
할 것, 잊을 것과 잊지 말아야 할 것, 쏟아부어야 할 것과 그러지 말아
야 할 것을 정리해봐야겠다.

사고, 사유, 사색

생각의 세 가지 스펙트럼. '사고·사유·사색'
부지런히 사고하다 보면 생각을 통해 사유할 수 있고 사유를 바탕으로 사색하게 된다. 사색하는 시간이야말로 생각을 통해 누릴 수 있는 가장 큰 사치이자 특권.

뉴 타입과 올드 타입

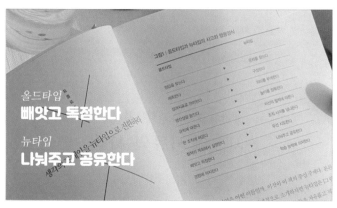

"화장품 가게에서 화장품 샘플을 나눠준다고 해서 사람들이 샘플만 쓰고 화장품을 안 쓰나요? 여러분들이 지식과 정보를 나누는 건 샘플을 나눠주는 것과 같아요." 유튜브 〈드로우앤드류〉 영상 중에서.

올드 타입은 자신의 정보를 공유하는 것을 두려워하지만, 뉴 타입은 자신의 정보를 나눠주고 공유한다. 뉴 타입의 시대다. 적극적으로 공유하자.

매력의 또 다른 이름은
디테일

꾸준히 잘하는 브랜드들은 어떻게든 매력을 만들어낸다. 열 명 중에 한 명은 감자튀김을 떠올릴 사랑스러운 맥도날드 우산꽂이. 한 끗 차이로 만들어낸 디테일에서 나오는 매력. 매력의 또 다른 이름은 아마도 디테일!

심금을 울리는 카피

"슬픈 눈물까지도 방수해드립니다.
아픈 마음까지도 철거해드립니다."

지나가다 우연히 눈에 띤 방수 & 철거 트럭의 심금을 울리는 카피가
인상적이다. 당장이라도 전화를 걸어 위로받고 싶다. "어디를 막아야 하
나요, 아저씨. 우는 손님은 처음인가요~."

이런 게 성공이지

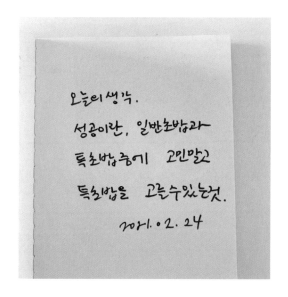

최근 '성공'에 대한 정의를 생각해본 적이 있는데 다시 생각해보니 성공이란 바로 이런 거다. 작고 순수하지만 그 순간의 나만을 위한 성공, 다른 사람과 비교할 필요가 없는 성공의 기준. 성공 별거 있나?!

넛지 효과 ①

네덜란드 자전거 회사가 배달 중 파손 사고를 막은 간단한 솔루션. 패키지 디자인을 TV가 들어 있는 박스처럼 바꾸자 파손 사고가 80% 감소했다고 한다. 푸시하지 않고 슬쩍 찌르는 방법. 이것이 넛지 마케팅.

작가의 말

어려운 것을 쉽게
쉬운 것을 깊게
깊은 것을 유쾌하게

이노우에 히사시

"어려운 것을 쉽게, 쉬운 것을 깊게, 깊은 것을 유쾌하게."
작가 이노우에 하사시의 말.

모든 콘텐츠와 모든 전달법에 해당되는 이야기.

영감은 창조적으로 오해한 합

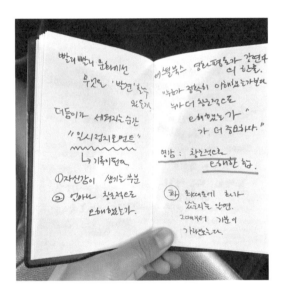

"누군가 정확히 이해했는가보다 누가 더 창조적으로 오해했는가가
더 중요하다. 영감은 창조적으로 오해한 합이다."
영화평론가의 강연을 듣다가 한 메모.

모든 사람이 창작자의 의도를 그대로 소화한다면 창의적인 결과물은
생겨나지 않을 것이다. 같은 것을 보아도 다르게 느끼는 데서 크리에이
티브가 만들어지고, 숱한 오해를 거듭하면서 영감이 생기고, 창조적인
에너지도 불어난다. 다른 사람의 생각을 있는 그대로 따르기보다 적극
적인 오해를 해야 할 때도 분명 있다.

〈소셜 딜레마〉를 보고

모든 진화에는 늘 좋은 점과 안 좋은 점이 있다.

'기술의 진화'에 휘둘리는 노예가 되지 않으려면

어떻게 해야 할까?

〈넷플릭스 오리지널 '소셜 딜레마'에 나온 행동강령(?)〉

- 알람 설정을 끄세요.
- 무엇을 공유하기 전에 팩트를 확인하고 소스를 검토하고 더 검색하세요. 감정이 들어 있다면 그것은 팩트가 아닐 수 있습니다.
- 추천받지 마세요. 항상 선택해서 보세요. 싸울 방법은 있습니다.
- 관심 없는 정보도 받으세요. 다양한 정보의 종류를 받아보세요.

시대의 맥락을 읽는 이유

시대에 따라 같은 문장이어도 다르게 읽힌다. '문장'은 멈춰 있지만 우리의 생각은 변화한다. 몇 년 전만 해도 가슴 뛰는 이야기로 들렸던 글귀를 다시 보니 너무 결연하게 읽히는 기분이다. 꼭 누군가의 꿈이 되는 삶을 살 필요가 있을까. 몇 년 후에 이 문장은 또 어떤 의미로 다가올까.

넛지 효과 ②

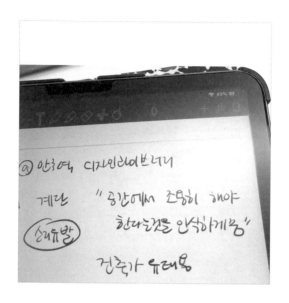

현대카드 디자인라이브러리에 가면 도서관에서 유일하게 소리가 나는
계단이 있다. "이곳에서 조용히 해주세요"라고 적는 대신, 삐그덕 소리
가 나게 계단을 만들어놓음으로써 스스로 조용히 걸어야겠다고 인식
하게끔 했다고 한다. '공간을 디자인한다'는 것은 이런 게 아닐까. 좋은
공간에는 좋은 의도가 있다.

직관적인 네이밍

성수동을 지나갈 때마다 보이는 가게 '줄줄상사'. 알고 보니 줄을 파는 곳이라서 '줄줄상사'란다. 브랜드 네이밍에선 모호한 이름보다 이름만 으로 상품의 가치가 느껴지는 직관적 네이밍이 유리할 때가 많다. 이 제 나도 줄이 필요할 땐 '줄줄상사'로 갈 것만 같다.

콘텐츠 크리에이터

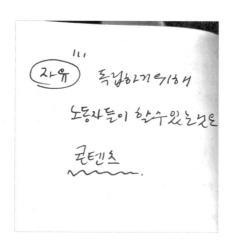

'자유'를 찾는다는 것. 독립하기 위해 노동자들이 할 수 있는 것은 콘텐츠. 자기만의 콘텐츠를 만들고 발신할 수 있다면 시간과 장소에 구애받지 않고 자유롭게 능력을 펼칠 수 있는 시대가 되었다. 그만큼 경쟁도 치열하겠지만. 경제적 자유뿐 아니라 다른 의미의 자유에도 해당되는 이야기이므로, 부지런히 내 콘텐츠를 만들어가야지.

여행자에게 필요한 샤워 키트

하이브로우의 '8 스텝 샤워 키트'. 여행 갈 때 이거 하나만 사면 모든 게 해결된다. 이렇게 유용한 키트가 있었다니, 그동안 왜 몰랐을까. 특히 가볍게 짐을 싸서 가야 하는 여행자들에겐 제격이다. 여행자에게 귀찮음을 줄여주는 것만큼 유용한 건 없다.

세상의 해상도를
높이는 행위

トヨマネ
@toyomane

勉強って「頭の中に知識を詰め込む行為」ではなく
「世界の解像度が上がる行為」だと思う。ニュースの
BGMだった日経平均株価が意味を持った数字になった
り、外国人観光客の会話が聞き取れたり、ただの街路
樹が「花の時期を迎えたサルスベリ」になったりす
る。この「解像度アップ感」を楽しめる人は強い

공부란 '머리속에 지식을 쑤셔넣는 행위'가 아니라
'세상의 해상도를 올리는 행위'라고 생각한다.
뉴스의 배경음악에 불과했던 닛케이 평균 주가가 의미
를 지닌 숫자가 되거나
외국인 관광객의 대화를 알아들을 수 있게 되거나
단순한 가로수가 '개화 시기를 맞이한 배롱나무'가 되기
도 한다.
이 '해상도 업그레이드감'을 즐기는 사람은 강하다.

"공부란 머릿속에 지식을 쑤셔 넣는 행위가 아니라 '세상의 해상도
를 올리는 행위'라고 생각한다."

트위터에서 본 글. 빅데이터로 가득 차 있는 세상이다. 이제 떠도는 정
보와 많은 데이터를 머릿속에 넣는 것이 중요한 게 아니라, 데이터를
토대로 보이지 않는 것을 관찰하고 자신의 지식과 관점을 맥락에 맞게
뽑아내는 것이야말로 우리가 할 수 있는 진정한 공부라고 생각한다.
그게 지식의 업그레이드일 테고.

도구만의 이야기,
큐레이션 카드

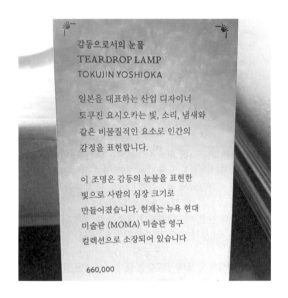

감동으로서의 눈물
TEARDROP LAMP
TOKUJIN YOSHIOKA

일본을 대표하는 산업 디자이너
토쿠진 요시오카는 빛, 소리, 냄새와
같은 비물질적인 요소로 인간의
감정을 표현합니다.

이 조명은 감동의 눈물을 표현한
빛으로 사람의 심장 크기로
만들어졌습니다. 현재는 뉴욕 현대
미술관 (MOMA) 미술관 영구
컬렉션으로 소장되어 있습니다

660,000

성수동의 문구점 '포인트오브뷰'에 가면 매력적인 문구뿐 아니라 물건 앞에 있는 큐레이션 카드에도 눈길을 뺏긴다. 별다른 느낌 없던 물건도 그에 담긴 이야기를 들으면 의미가 생기고, 갖고 싶어진다. 이 문구점 인스타그램 계정의 글을 보며 마케터로서 스토리텔링하는 법을 매일 배운다. 물건에 생명력을 부여하는 것은 단연 이야기고, "사물을 사는 누군가에게 우아한 징표를 갖게 해주고 싶었다"는 것이 제작자의 의도라고. 이곳의 큐레이션 카드에는 시대를 관통하는 매력이 있다.

시장에는 카피라이터가 산다

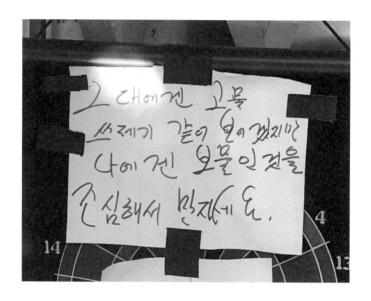

"그대에겐 고물, 나에겐 보물!"

이게 바로 동묘시장 바이브. 시장은 말 그대로 사고파는 곳이다. 주차도 쉽지 않고, 사람들로 북적이고, 춥거나 더운 날에는 은근히 힘들지만 무언가 파는 에너지를 느끼고 싶다면 시장이 최고다. 게다가 시장에는 사고파는 데 익숙한, 아주 유능한 카피라이터들이 있다. 마케터라면 시장 곳곳에 있는 카피들을 주목해보면 좋다.

책 잘 파는 방법

도쿄 다이칸야마 츠타야 서점의 귀여운 책 디스플레이. 서점마다 책을
어떻게 진열했느냐에 따라 책을 구매하고 싶은 마음이 달라진다. 매장
한가운데에 수십 권씩 쌓아놓은 책도 눈에 띄지만 얼굴을 빼꼼히 내
밀고 있는 책 커버가 눈에 더 잘 들어온다. 수줍은 말투로 웃기는 친
구 같은 귀여움이랄까. 서점에 진열될 모습까지 생각한 디자이너의 상
상력이 돋보인다.

텍스트의 힘

"무언가에 불 붙이는 사람들"

전주 카페 '평화와 평화'에서 파는 성냥갑이다.

그냥 성냥이라고 팔 수 있는 것을 '무언가에 불 붙이는 사람들'이라고 이름 붙였다. 내 감정에 불을 붙이는 느낌이다. 무생물에 생명력을 부여하는 건 역시 텍스트가 아닐까. 물건 하나에도 이야기를 담고 텍스트를 붙여주는 곳에서 더 매력을 느낀다.

일상의 재발견

다나카 다츠야@tanaka-tatsuya의 작품은 볼 때마다 놀랍다. 어떻게 사물을 바라봐야 할까? 책은 '읽는 것', 옷은 '입는 것', 채소는 '먹는 것'이라는 고정관념을 깨고 어린아이처럼 자유로운 발상과 순수한 시각으로 바라본 결과물이다. 나는 얼마나 많은 편견과 고정관념에 사로잡힌 것일까.

어떻게 저런 생각을 하지?

어떻게 저런 시선으로 보지?

어떻게 저런 상상을 하지?

모든 사물은 우리가 보지 못한 가능성을 품고 있다.

세 권 사면 고양이 한 마리를 덤으로 드립니다

우연히 페이스북 피드를 보다가 자신의 책을 판매하는 작가의 남다른 센스를 발견했다.

'나만 고양이 없어' 하는 분들은 주목해주길 바란다. 이 책 세 권 사면 고양이 한 마리를 덤으로 준다고 하니까요.

To Do보단 Reason Why

원대한 비전 없이는 매너리즘에 봉착할 수밖에 없다. 이유를 알고 하는 것과 모르고 하는 것의 차이는 어마어마하다.

방향 없이 달려가다 보면 어느 순간 허무함이 들 때가 많다. 회사 비전을 나의 비전이라고 착각하고 살다가 퇴사했을 때 가장 혼란스러웠다. 나는 비전 없이 늘 뭘 하고 싶은지만 적어내려갔던 것은 아닐까.

코로나19 시대에 알게 된 사실

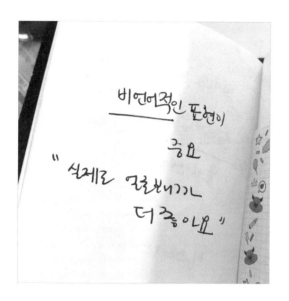

코로나19 시대에 다시 한 번 언어표현, 커뮤니케이션에 대해 생각한다. 대화할 때, 회의에서 아이디어를 논의할 때 언어가 아닌 몸짓, 손짓, 표정, 시선, 자세 등으로 생각이나 느낌을 표현하는 것이 얼마나 중요한지 깨닫는다. 상대방의 미묘한 표정이나 목소리 변화를 살피며 교감하고 대화를 발전시켜나간다. 어쩌면 우리의 대화에서 언어적 표현보다 비언어적 표현이 훨씬 큰 비중을 차지할지도 모른다. 좋든 싫든 '비대면'이 대세인 시대에 새로운 대화의 가능성을 고민해야 하는 요즘.

누군가 진즉 만들었어야 했다

떡볶이와 순대 세트를 즐길 수 있는 전용 그릇. 떡볶이 소스에 순대를 찍어먹는 떡순이파들에겐 더할 나위 없이 좋은 그릇이다. 분명 떡볶이 소스에 진심인 사람들이 만들어낸 디테일일 것이다. 사람들의 욕망을 발견하고 문제를 해결하면 되는 일들이 참 많은데, 내 눈에 쉽게 보이지 않는다. 더 고객중심으로 생각해보자. 더더더!

굳이 모으고 싶은 영수증 카드

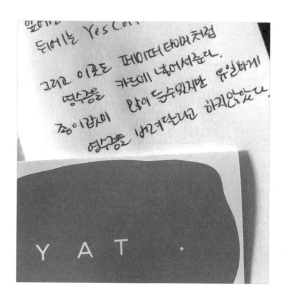

속초 YAT 카페에 가면 영수증을 미니 카드에 담아준다. 고객과의 또 다른 접점 영수증 카드. "영수증 버려드릴까요?"라는 멘트가 익숙할 만큼 영수증 모을 일이 줄어든다. 아무래도 우리나라 영수증이 덜 예뻐서가 아닐까. 이렇게 카드로 넣어주는 영수증이라면 굳이 버리지 않을 것 같다. 나중에 이 작은 카드에 편지를 쓰기에도 좋겠고. 여러모로 다양한 활용법을 생각해볼 법하다. 이 부분까지 브랜딩의 과정일 테다. 파리 여행 때 들른 문구점 파피에티그르에서도 본인들의 카드를 영수증으로 주던데, 영수증을 이렇게 담아주는 것만으로도 기분이 좋아진다!

엔딩 크레딧 수집가

"왜 인스타그램에 영화의 엔딩 크레딧을 찍어 올려요?"
"엔딩 크레딧을 보면 영화의 역사를 볼 수 있거든요. 그리고 어떤 파트에 가장 신경썼는지도 알 수 있어요. 엔딩 크레딧의 타이포그래피까지 신경쓴 영화를 볼 때 그 작품의 디테일을 느껴요."

인상 깊었던 엔딩 크레딧 수집가, @whatisee_hyun 지현 님과의 대화. 많은 수집가를 봐왔지만 영화의 엔딩 크레딧을 모으는 사람은 처음이었다. 영화의 많은 것을 담고 있는 엔딩 크레딧을 나도 앞으로 눈여겨 봐야겠다.

영감과 동력

에이, 그래도 영감과 동력을 같다고 볼 순 없지.
영감은 반짝이는 것으로 제 역할을 다하는 거야. 동력은
그다음에 등장하면 되고.

글 그림 이기준(그래픽 디자이너)

게 무엇이고 그것이 한 분야에서 다른 분야로 어떻게 옮겨 을 엮은 책이다. 영감. 그다지 발음하고 싶지 않은 단어. 영감 운동
져 무관해 보이는 노력을 통해 어떻게 그것이 떠오르는지 자 따라 우스워 보이기도 한다.
다고 생각했다. 그는 색소폰의 소리를 연구하고 이해하는

"영감은 반짝이는 것으로 제 역할을 다하는 거야. 동력은 그다음에
등장하면 되고."
〈월간 채널예스〉 2018년 11월호 이기준 디자이너의 칼럼.

영감과 동력은 좋은 친구이자 바람직한 동료다. 반짝이는 영감을 동력
삼아 나아가는 과정 위에 우리가 있다.

내 이야기는 가장 잘 먹히는
브랜드 스토리

석촌동에 새로 오픈한 카페에 갔다. 커피를 주문하는데, 명함을 보니 카페 이름 '5_lawns_7_04'만 진하게 표시되어 있었다. 카페 이름을 이렇게 지은 이유가 궁금했다. 〈Lawns〉는 카페 사장님들이 좋아하는 재즈 피아니스트 칼라 블레이Carla bley의 앨범 5번 트랙의 제목이었고, 러닝타임이 7분 4초여서 이렇게 이름을 지었다고 한다.

사장님은 〈Lawns〉라는 곡을 틀어주셨다. 별것 아닌 개인의 이야기가 별것으로 가닿는 게 브랜드 스토리의 힘인가. 탁월한 브랜드 스토리는 자신만의 이야기에서 시작된다.

북한 비둘기호 티켓

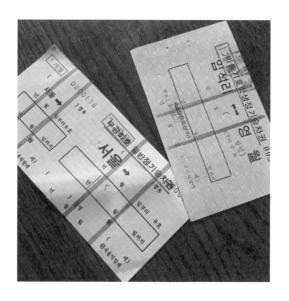

탈 수 없는 기차표를 사게 하는 매력은 무엇일까.

규림과 아이보리가 동묘시장에서 구한 비둘기호 티켓이다.

북한에서 남한으로 넘어가는 기차는 비둘기호와 통일호 딱 두 개뿐이
었다고 한다.

그중 하나인 비둘기호 티켓이니 기차 티켓 리미티드 에디션인 셈이다.

이 티켓의 수명은 다했지만, 티켓 안의 스토리는 살아 있다.

미처 알지 못했던 패키지의 쓸모

세 가지 용도로 활용 가능한 삼성전자의 에코 패키지가 나왔다. 이 패키지는 신발장과 공구함 등에 다양하게 활용할 수 있다. 환경에 관심이 많아지면서 패키지에도 업사이클링 개념을 도입하는 곳이 늘어나고 있다. TV 박스에서 시작해 이제는 모든 가전제품에 에코 패키지를 도입하는 추세. 매일 버려지는 박스도 쓸모 있는 제품이 될 수 있다.

운칠기삼에도 예외가?

마작을 다루는 영화나 소설에서 많이 나오는 말이라고 한다. 실력 이 30%인 사람에겐 70%의 운이 필요하고, 실력이 70%인 사람에겐 30%의 운만 있어도 된다. 실력을 키우면 운은 더 쉽게 따라온다.

밥 조금, 회 크게

'밥 조금 회 크게 주는' 2층 왕초밥. 망원동을 지날 때마다 이 가게에
가고 싶었다. 초밥 먹으러 가서 누구나 한번쯤 해본 생각을 이렇게 정
직하고 크게 쓰다니. 나도 초밥집에 갈 때마다 매번 생각한다. 밥은 조
금만 줘도 되니까 회를 크게 줄 순 없냐고.

세상에서 가장 작은 책

히마상의 세상에서 가장 작은 책. 비닐 봉투에 아무것도 넣지 않고선 "너무 작아서 우리 눈에 안 보입니다"라고 쓴 히마상의 위트가 좋다. 심지어 100개 리미티드 에디션으로 파는 이 뻔뻔함! 이 책은 그날 다 팔렸다. 나도 모르게 집어들었는데, 옆의 친구는 이걸 왜 사냐고 했지만 나는 '책'을 사는 것이 아니라 '기획'을 사는 거라고 했다. 잘 보여야 하는 것을 안 보이게 만든 것, 그것을 100개 한정판으로 만든 히마상 기획의 승리.

모두에겐 '처음'이 있다

"줄리아에게도 처음은 있었을 거야."

전설적인 프렌치 셰프가 된 줄리아의 레시피북을 따라 하며 의기소침
해하는 줄리에게 남편이 해준 말이다. 이 영화를 보면 누군가의 '처음'
을 볼 수 있다. 지금은 대단해 보이는 사람에게도 어설펐던 처음이 있
었다. 우리 모두에게는 초기작이 있고 이상할 수밖에 없는 처음의 순
간이 있다. 미숙하고 부족하지만 그 순간이 있었기에, 그 첫발을 뗐기
에 '지금'을 가진 사람들이 있다. 처음이 어렵지, 우리는 뭐든 할 수 있
다. 나도 줄리처럼, 영화 〈줄리 앤 줄리아〉을 보면서 시작할 수 있는 용
기를 얻는다.

좋아하는 말이
떠오를 때마다 적어두기

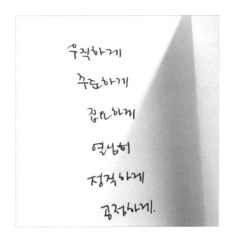

"우직하게, 꾸준하게, 집요하게, 열심히, 정직하게, 공정하게."

쓰고 싶은 말이 늘어날 때마다 내가 더 좋은 사람이 되는 기분이다.

노트에 적으면서 마음에 새긴다.

유명한 집 대신 유명한 맛

을지로 동경우동 간판이다. 유명한 집도 아니고 유명한 맛이라니! 무심결에 읽다가 '유명한 맛'이라는 단어에 무릎을 쳤다. '유명한'과 '맛'이 붙으니 낯설어 보이지만, 가게의 자신감이 느껴진다. 유명한 맛은 과연 어떤 맛일까? 주변에 '맛집, 유명한 집'이라고 쓴 가게는 매우 많은데 '유명한 맛'이라고 쓴 곳은 없으니 더 인상적이었다. 실제로 먹어보니 정말 유명한 맛(?)이던데, 궁금하다면 꼭 드셔보시길.

Off the Wall

Off the Wall은 삶의 자세. 타인과는 다른 생각. 창조적인 자기 표현. 보드 위에서, 그리고 삶 속에서 자신만의 색깔을 선택하는 것. 스케이트 보드의 한계를 뛰어넘기 위해 텅 빈 풀장에서 남몰래 연습했던 그 순간 Off the Wall은 시작되었다. Vans. Off the Wall Since 1966.

"Off the Wall은 삶의 자세. 타인과는 다른 생각. 창조적인 자기 표현."

오늘 반스 매장에서 만난 텍스트. 브랜드의 가치관을 텍스트로 접하면 왠지 결연하게 느껴진다. 말하지 않는 브랜드보다 종이에 한 자라도 더 적어서 자기표현을 하는 브랜드가 멋있다. 그래서 나도 계속 쓴다. 우리도 세상에 계속 메시지를 던지자!

나를 정의하고 싶은 마음

방콕 여행 중에 구매한 카르마카멧의 파우치다. 팬톤 컬러처럼 패킹한 것도 센스 있다고 느꼈지만, 감동적이었던 건 파우치에 적힌 이름들이었다. Painter, Dreamer, Traveler 등등. 우리는 나라는 존재를 정의하고 싶어 한다. 이왕이면 반짝반짝 빛나고, 세상에 적극적인 액션을 취하는 단어라면 더 좋겠지. 가령 이 파우치를 가짐으로써 나는 Dreamer가 되는 거니까. Dreamer이기도 하고 Traveler이기도 한 나는, 결국 다 사고야 말았다.

라멘 가게에서 그릇을 파는 이유

일본 라멘집 이치란은 라멘뿐 아니라 그릇까지 판다. 음식의 맛은 맛뿐 아니라 그날의 분위기, 날씨, 공간, 함께하는 사람, 나의 감정 등등 다양한 요소에 의해 결정된다. 즉 그 공간에서 맛볼 수 있는 총체적 경험이 맛을 결정하는 셈이다. 라멘 맛을 각자의 집에 이전할 수 있도록 그릇까지 파는 이치란의 전략은 센스를 넘어 치밀해 보인다.

첫 번째 아이디어가 베스트 아이디어

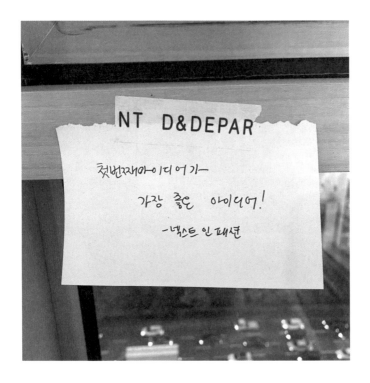

"첫 번째 아이디어가 가장 좋은 아이디어입니다."
넷플릭스 오리지널 〈넥스트 인 패션〉 중에서.

왜인지는 모르겠지만 우리 모두 한 번쯤 경험해본 것 아닐까? 첫 번째
아이디어의 힘을 믿자.

모든 것엔 나이가 있다

나는 태어난 연도를 굳이 적는 게 좋다. 특히 물건과 브랜드라면 더욱.
물건의 나이 뒤에 숨은 시간이 고스란히 느껴지기 때문이다. 나이가
많다고 다 훌륭한 것은 아니지만 적어도 시간이 만들어낸 무언가는
무시할 수 없는 법이다.

안정과 불안정은 늘 붙어다닌다

유튜브 〈MoTV〉를 보다가 모춘 님의 "안정화와 변화"에 대한 질문에서 가장 인상적이었던 김태경 어반북스 편집장님의 답변. **"안정하지 않아야 건강한 조직인 것 같아요. 특히 우리 같은 사람들은."**
크리에이티브를 만들어내는 사람들은 정형화된 프레임 안에 있는 것을 경계해야 한다.
요즘처럼 변화가 많은 시기라면, 혹은 내가 하는 일이 변화에 계속 적응해야 하는 거라면, 그리고 내가 통제할 수 있는 영역이 결국 나밖에 없다면, 앞으로 계속 존재할 불안정과 애매모호함을 받아들일 수밖에 없겠지. 울렁울렁하더라도.

기분 좋은 상태를 유지하는 말

동경우동의 '유명한 맛'에 이어서, 기분 좋은 종이.

기분 좋다는 말은 아무리 들어도 질리지 않는다. 그만큼 기분 좋은 상태를 유지하는 건 중요하니까.

그러고 보니 우리가 하는 모든 일 앞에 '기분 좋은'이라는 수식어를 붙이면 말이 된다. 기분 좋은 음식, 기분 좋은 양말, 기분 좋은 책. 기분 좋은 순간을 더 많이 만드는 일을 하고 싶다.

지하철의 시 한 편

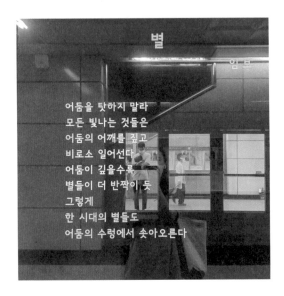

"어둠을 탓하지 말라. 모든 빛나는 것들은 어둠의 어깨를 짚고 비로소 일어선다."

내가 좋아하는 지하철 '영감 존'이 있다. 바로 '시'가 붙어 있는 벽면이다. 재미있는 건 지친 마음을 안고 돌아가는 날에 시들이 눈에 더 잘 들어온다는 사실. 누군가 알고 마련해둔 것처럼, 지하철의 시 한 편이 마음을 위로한다. 지금 나를 위로해줄 시 한 편쯤은 어디에나 존재한다.

나중에 써먹고 싶은 달력

기획력이 돋보이는 케이크 달력과 빵 달력. 연말이면 달력, 다이어리가 나오는데 브랜드들의 기획력이 날로 높아지는 것 같다. 더현대서울에서 발견한 이 달력은 숫자로 월을 쓰는 대신 브랜드의 케이크를 이미지로 넣었다. 제품을 소개하는 확실하고 사랑스럽고 먹음직스러운(?) 방법이라고 생각한다. 나중에 달력을 무심코 바라보다가, 케이크를 사러 뛰어갈지도 모르겠다.

제목 맛집, 제목 장인

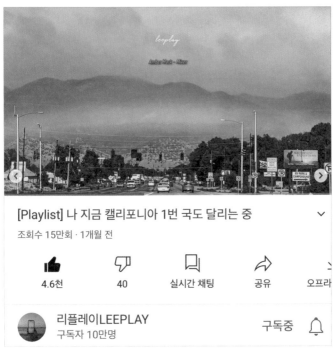

제목 맛집, 제목 장인. 플레이리스트 유튜버들이 요즘 시대 제일 잘나 가는 카피라이터인 것 같다. 잘 만든 제목과 그에 어울리는 음악들은 나를 또 다른 차원의 감각으로 넘어가게 만든다.

일상의 태도가 배는 일

훈습熏習

꽃을 만진 손에는 꽃향기가,
마늘을 만진 손에는
마늘냄새가 배는 것 처럼
나에 대한 깨달음이
내 안에 자연스럽게
스며들고 배어드는 것

"훈습이란 개념은 산스크리트어인 바사나vasana에서 온 말인데요. 어떤 냄새가 밴다는 뜻이래요. 이 단어를 처음 들었을 때 리추얼과 닮아 있다는 생각이 들었어요. 꾸준히 반복적으로 '진짜 나'를 마주하는 훈련을 하다 보면, 내면의 힘이 자라고 나에 대한 깨달음이 삶속에 깊숙이 자리잡게 돼요." - 밑미 뉴스레터

훈습은 향이 옷에 배게 하는 것으로, 우리가 행하는 선악이 없어지지 아니하고 반드시 어떤 인상이나 힘을 마음속에 남김을 이르는 말이다. 매일 내가 하는 말, 태도가 나도 모르게 몸과 마음에 배고 있다. 그래서 일상을 소중히 가꾸는 건 중요하다. 오늘 내가 할 말, 행동부터 가꿔나가자.

Lighter 대신 Writer

제주도 달리센트에서 파는 라이터. 이곳에서 Lighter는 Writer로 불린다. 동음이의어를 활용하여 제품을 만드는 방법. 제품의 네이밍 중 하나는 동음이의어를 사용하여 중의적으로 표현하기. 이런 말장난이 뻔한데도 재미있다.

* 유사품 : 너 별로, 내 마음속에 별로 / 너한테 벽이 느껴져, 완벽.

손대기 싫다면요?

디테일이 눈에 띄는 화장실 위생 손잡이. 외부에서 화장실에 간 사람이라면 누구나 공감할 만한 장치다. 이런 디테일은 한 끗 차이에서 온다고 본다. 결국 '일상에서 겪는 사소한 불편함이 뭐지?', '무엇을 바꾸면 좋을까?' 이렇게 계속 일상에서 문제점을 찾아보고 고민해보는 연습이 필요하다. 고객의 문제에 대한 답을 멀리서 찾으려고 하지 말자. 어쩌면 간단하게 해결되는 것들이 많을지도 모른다. 이 화장실 손잡이처럼.

만둣집의 광고판 봉지

만두 먹고 싶게 만드는 직관적인 만두 봉지. 아주 여러 번 말하는 것의 중요성. 음식사진이 아닌데도 만두가 먹고 싶다.

끊임없이 충돌하라,
끊임없이 질문하라

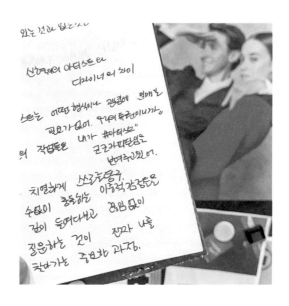

"아티스트는 어떤 형식이나 관념에 얽매일 필요가 없어. 우리의 특권이니까." 아티스트 코코카피탄의 전시에서.

전시를 볼 때마다 아티스트들은 치열하게 스스로를 탐구한다는 느낌을 받는다. 수없이 충돌하는 내면의 이중적 감정들을 깊이 들여다보고 질문하는 것이 진짜 나를 찾아가는 과정이다. 끊임없이 충돌하고 질문하고 답하면 지루하지 않게 살 수 있다. 우리 모두의 특권이다. 우리는 모두 아티스트다.

초심 말고 초보심

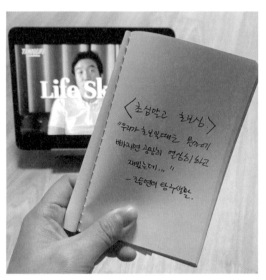

"초보일 때는 뭔가에 빠지면 굉장히 열심히 하잖아요. 익숙해지면 일처럼 대하고요." 조승연의 탐구생활 '재택근무 N년차, 꿀팁대방출'.

조승연 님이 유튜브에서 이야기한 초심 말고 '초보심'이라는 단어가 인상적이다. 나의 초보심은? 유튜브 〈조승연의 탐구생활〉을 보면서 초보심을 잃지 않는 법을 생각한다. 굉장히 어려운 과제이지만 가치 있는 도전이다. 나의 초보심을 느껴볼 수 있는 무언가에 도전해보아야겠다.

유니폼과 워크웨어를 일상복으로

일본인들은 점점 실용적 소비를 하면서 워크웨어(작업복)를 일상복의 범주로 끌여들였다. 우리나라에서도 실용적 소비와 옷의 기능성에 주목하면서 '일하는 사람의 정체성'을 위한 워크웨어 시대가 열릴 것이라 나는 생각한다.

"PaTI의 작업복은 '일과 삶을 멋짓는 배곳'인 PaTI의 상징 같은 옷입니다." 작업복을 만드는 '멋짓(디자인) 배곳(학교)' 파티숍PaTI shop에서 발견한 문장이다. 일하는 삶은 정체성을 보여주는 것이 되었고 이제 작업복, 신발, 도구들은 기능을 넘어 정체성의 표현 수단으로 더 주목될 것이다.

귀찮음 제거는 킬링 포인트

아이디, 비밀번호 입력만으로 주문과 동시에 회원가입
- 아이디, 비밀번호 입력만으로 간편하게 회원가입이 가능합니다.
- 회원가입 후 쿠폰, 이벤트 등 할인혜택을 받으실 수 있습니다.

주문하시는 분	_____
	_____ zipcode
주소	_____ 기본주소
	_____ 나머지주소
일반전화	(02 ▼) - _____ - _____
휴대전화	(010 ▼) - _____ - _____
이메일	_____ @ _____ 직접입력 ▼
	- 이메일을 통해 주문처리과정을 보내드립니다.
	- 이메일 주소란에는 반드시 수신가능한 이메일주소를 입력해 주세요
주문조회 비밀번호	_____ (주문조회시 필요합니다. 4자이
주문조회 비밀번호 확인	_____
배송지 선택	주문자 정보와 동일 ● 새로운 배송지
받으시는 분	_____

"아이디, 비밀번호 입력만으로 주문과 동시에 회원 가입" 키티버니
포티 홈페이지 비회원 주문 시 보이는 창.

처음 물건을 구매한 쇼핑몰에서 회원 가입을 할까 말까 망설이다 귀찮
아서 비회원 주문을 택했는데, 주문 화면에서 맨 윗줄을 읽고는 곧장
회원 가입을 했다. 비회원 주문 버튼까지 눌렀는데 끝까지 회원으로
전환시키려는 세심한 문구에서 회원 가입을 하지 않을 수 없었다.

크기가 작아지면
존재감은 커진다

크기를 압도적으로 줄이면 생기는 압도적인 존재감. (미니) 더블에이 메모지. 방은하 CD님이 말씀하시길 어떤 것을 귀엽게 느끼게 하려면 정말 귀엽게 만들거나 크기를 확 줄여버리면 된다고. 브랜드들이 굿즈 마케팅을 할 때 많이 쓰는 방법이라서 식상할 수는 있지만 귀여운 건 사실이다.

어제도 오시더니 오늘도 오셨군요

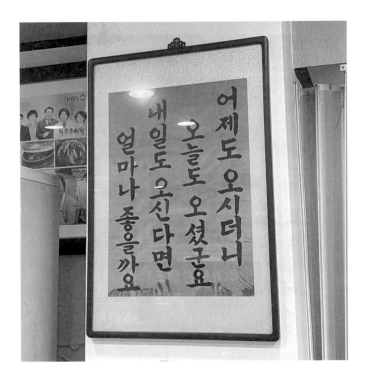

식당에 걸려 있는 기분 좋은 액자. 이러한 문장들이 나에게 말을 걸어온다. 이 가게에 올 때마다 저 액자를 바라본다. 내일도, 모레도 가고싶게 만드는 정감 가는 인사. 글에도 온기가 담긴다.

농작물은
농부의 발소리를 듣고 자란다

"농작물은 농부의 발소리를
듣고 자란다."
2020. 12. 14.

완도전복생산자협동조합 이용규 사장님을 인터뷰할 때 내 귀에 꽂혔던 말이 있다. **"농작물은 농부의 발소리를 듣고 자란다."**

말 그대로 농부가 땅에 들이는 노력과 수고만큼 농작물이 잘 자란다는 뜻이다. 농작물이 바르게 자라려면 농부의 성실함이 무조건 필요하듯, 나도 지름길이나 또 다른 요행을 바라지 않아야겠다는 생각을 했다. 나의 행동과 태도가 나의 인성과 일을 만들어나갈 것이기 때문이다. 매일매일 성실한 만큼 성장할 테니까.

우주가 인간에게 준 선물

"이 우주에서 우리에겐 두 가지 선물이 주어진다. 사랑하는 능력과 질문하는 능력." 메리 올리버의 〈휘파람 부는 사람〉 중에서.

무심코 읽었는데 꽤 일리 있는 말이라 생각된다. 인류 역사를 거슬러 올라가보면, 사랑하는 사람들을 지키려는 마음과 호기심을 갖고 궁금한 것을 물어 배우려는 욕구가 마을을 만들고 지금의 발전을 이룬 것이니까. 내게 선물로 온 이 두 가지 능력을 나이들어도 잃고 싶지 않다.

크기와 가치는 무관하니까

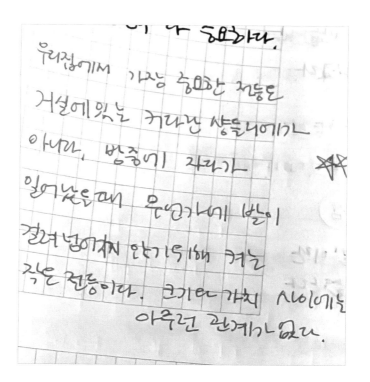

릭 워렌의 《목적이 이끄는 삶》을 읽고 적어둔 메모.

크기와 가치 사이에는 아무런 관계가 없다. 우리 집에서 가장 중요한 전등은 거실에 있는 커다란 샹들리에가 아니라, 밤중에 자다가 일어났을 때 무언가에 걸려 넘어지지 않기 위해 켜는 작은 전등이다. 우리의 존재감은 크기가 아닌 쓰임새가 결정한다. 그리고 쓰임새를 결정하는 것은 우리가 무슨 가치를 원하느냐에 달려 있다.

쓸모 있는 기록의 쓸모

9	070525	첫 외출	₩10,000
10	070614	50일 축하	₩10,000
11	070629	반팔옷 입음	₩10,000
12	070711	범보의자 앉음	₩10,000
13	070730	탯줄도장통장	₩10,000
	070802	첫 머리컷트	₩10,000
14	070803	100일 축하해	₩100,000
15	070820	뒤집기 성공	₩10,000
16	070830	되뒤집기	₩10,000
17	070902	엎드려자기	₩10,000
18	070926	아랫니2개 남	₩10,000
19	070927	혼자앉기	₩10,000
20	071004	잡고서기	₩10,000
1	071101	이유식 시작	₩10,000

아이 통장에 아이의 성장과정을 기록하는 방법. 이것이야말로 진정한 기록의 쓸모가 아닐까. 통장에도 얼마든지 삶의 챕터를 써내려갈 수 있다. 아이가 커서 이 통장을 받는다면 정말 행복할 것 같다.

패브릭과 문구의 페어링

sosomoongoo 페어링 Pairing 🔗
: 블루투스 기기를 서로 연결하여 동작할 수 있도록 해주는 과정
술과 음식의 페어링 🍷 ⚫
: 입맛에 맞게 향, 온도, 질감에 따라 서로 조화롭게 짝을 짓는 작업. 예) 막
걸리와 김부각, 화이트 와인과 생선요리 등

🧑 상황에 따라 쓰이는 페어링 Pairing 의 개념인데요. 그렇다면 당연히
문구 Stationery 에도 이 페어링이 적용되겠지요 🪵 문구는 거의 대부분
짝이 필요한 도구니까요.

하프다이어리와 페어링 되는 첫번째 짝꿍. 우리나라 대표 패브릭 디자인
브랜드, #키티버니포니 와 소소문구의 협업 노트와 키티버니포니의 다양
한 마스킹테이프를 소개합니다. #문구페어링 #Stationerypairing

[Stationery Pairing with KBP]
🪵 내용: 소소문구 X 키티버니포니 협업 노트 50%할인
🪵 기간: 2월 2일 화요일 ~ 소진시까지
🪵 구매: *단독* 소소문구 스토어팜

소소문구@sosomoongoo와 키티버니포니의 문구 페어링을 소개하는
인스타그램 디스크립션. 보통 '페어링'은 블루투스를 연결하거나 음식
에 와인을 곁들일 때처럼 서로 쌍을 이루는 상황에 쓰는 단어다. 나도
함께 쓰는 문구가 정말 많은데, 이걸 '페어링'이라고 표현하니 신선하게
느껴졌다. 다른 곳에서 쓰이는 단어를 낯선 영역에 들였을 때 그 글에
서 느껴지는 쾌감이 있다.

강원국 선생님은 글을 쓸 때마다 사전을 찾아본다고 한다. 표현을 풍
부하게 하기 위해 같은 뜻이어도 많이 쓰이지 않는 단어를 일부러 고
른다고 한다. 나도 글을 쓸 때 다양한 단어를 조합해 문장을 써보려 한
다. 그것이 또 다른 기획을 만들어낼지도 모르니.

절.대.로

이유 없이 나에게
돈을 쓰는 사람이 있다면
조심해야 한다.

그 사람을 잃지 않도록
조심해야 한다.

잃고 싶지 않다.

답을 주는 영화 vs.
질문을 던지는 영화

IF YOU GIVE AN ANSWER TO YOUR VIEWER, SIMPLY FINISH IN THE MOVIE THEATRE. BUT YOUR FILM ACTUALLY BEGINS AFTER PEOPLE

관객에게 답을 주는 영화는 극장에서 끝날 것이다.
하지만 관객에게 질문을 던지는 영화는 상영이 끝났을 때 비로소 시작한다.

[ASGHAR FARHADI · 아쉬가르 파라디]

"관객에게 답을 주는 영화는 극장에서 끝날 것이다. 하지만 관객에게 질문을 던지는 영화는 상영이 끝났을 때 비로소 시작한다."
영화감독 아쉬가르 파라디의 명언.

일상에 질문을 던지는 순간 제대로 된 생각이 시작된다.
Why의 인생을 살고 있나요.
What의 인생을 살고 있나요.

간판에서 배우는 인생

제주도 여행 중에 우연히 발견한 간판이다. 제주도 횟집 사장님의 멋진 다짐. '다 퍼주고 또 잡자!'
간판에서 인생을 배운다.

싱가포르다운 서비스

싱가포르에서 본 우산 대여 서비스. 나라마다 다른 기후, 생활환경, 법, 문화로 인해 생겨난 독특한 서비스를 발견하면 재미있다. 1년 중 6~8월과 11~1월이면 스콜이란 소나기가 내리는 싱가포르. 우산 대여 서비스가 한국에선 잘 안 될지라도 싱가포르에선 유용할 것이다. 사람들이 좋아하는 건 다 비슷해 보여도 지역마다 흥행하는 서비스는 다를 수밖에 없는 이유. 그래도 서비스가 탄생하는 본질은 같다. 불편함을 해결하는 데서 시작된다는 것.

질리지 않는 성실함

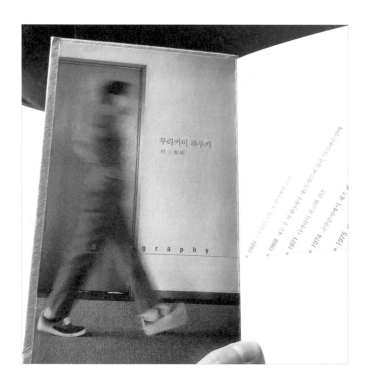

속초 문우당서림에서 책을 구매하니 선물로 준 무라카미 하루키 스토리북. 이 스토리북을 보니 놀라운 점은 하루키가 작가로 살기 시작한 이후로 1년에 한 권씩 성실하게 책을 냈다는 것이다. 한 해도 빼먹지 않고 아주 성실하게. 성실한 자가 승리한다. 아니, 질리지 않는 성실함을 가지면 승리한다. 무라카미 하루키처럼.

아이고 살겠네, 살겠어

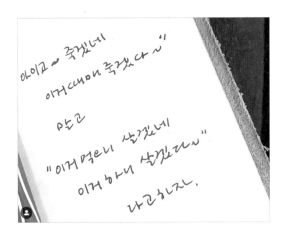

몸이 피곤하고 힘들 때마다 "아이고 죽겠다, 이거 하느라 죽겠다" 했더니 올리부 상무님이 "살겠다, 살겠다"라고 말하라신다. "커피 마시니 살겠다, 바깥바람 쐬니까 살겠다!"

말의 에너지를 믿으며, 오늘도 '살겠다!'를 외쳐본다.

인스타그램에서도 정갈하게

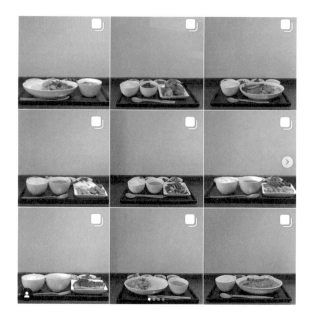

매일 메뉴가 바뀌는 합정동의 가정식 밥집 '난' @nan_hapjeong

맛도 맛이지만, 식당의 인스타그램 운영이 인상적이었다. 정갈한 식단을 그대로 전한달까. 그날의 메뉴가 매일 사진으로 올라오는 것도, 인스타스토리에 고객 후기를 모아놓는 것도, 무엇보다 관리자가 없을 땐 인스타스토리로 대체한다고 커뮤니케이션하는 것도 흥미로웠다. 이 가게의 음식처럼 정갈한 느낌으로 운영되는 계정. 인스타그램도 자기답게 하는 곳들이 멋지다.

우리는 모두 아티스트

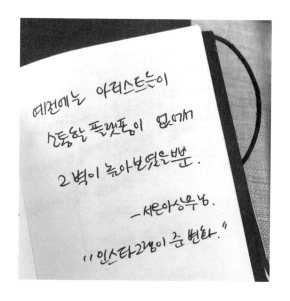

"예전에는 아티스트들이 소통할 플랫폼이 없어서 그 벽이 높아 보였을 뿐." 페이스북코리아 서은아 상무님과의 대화.

인스타그램 덕분에 '예술'이라는 문턱이 낮아지고 있다. 적극적으로 대중과 소통하는 아티스트들을 이야기하며. 어쩌면 우리 모두 아티스트가 될 수 있는 시대라 말하는 것도 이와 비슷한 맥락일 것이다. 자신 있게 나를 표현하는 사람이라면 모두 아티스트! 장벽 없는 플랫폼을 적극 활용해보자.

말을 걸어주는 계정

"이런 날은 누리는 게 좋아요. 아이스크림을 먹는다든가, 책을 산다든가." 스토리지북앤필름@storagebookandfilm 인스타그램에서.

이 계정을 팔로우하며 얻는 행복은 이런 것이다. 소소한 행복을 느낄수 있는 것. 서점이지만 책 이야기를 하기보다 그날의 감정에 대해, 그날의 무언가에 대해 그냥 말을 걸어와서 좋다. 일상의 소소한 행복이야말로 이 계정을 구독하는 이유다.

연필을 보여주는 센스

대구에 있는 문구점 지혜이@geehey_by_jihye에서 연필을 보여주는
센스. 누구나 알고 있는 이미지를 활용하는 방법은 영리한 커뮤니케이
션 방법 중 하나라고 생각한다.

인스타그램 메뉴판

전주에 있는 카페 '평화와 평화@peace.or.peace'의 인스타그램 하이라이트 메뉴판! 꼭 종이 메뉴판을 만들거나 벽에 써놓지 않아도 온라인을 활용할 수 있다는 것을 보여준 좋은 사례다. 인스타그램 하이라이트를 메뉴판으로 활용하면 새로운 메뉴가 나올 때마다 바로 수정하기도 좋을 것 같다. 카페 가기 전에 인스타그램으로 메뉴를 확인하고 가는 것도 또 하나의 즐거움. 역시 핫하다는 카페들은 주인장의 센스가 남다르다. 세상엔 아이디어 좋은 사람들이 참 많다.

인생샷이 아닌 인생책

521
게시물

9,658
팔로워

책방 소리소문

서점

책방 小里小文 (작은 마을의 작은 글)
• 오직 책만 취급합니다
• 책방에선 인생샷 보다 인생책을 만나세요
• 11~18시, 매주 화, 수요일 휴무
• 주차장 만차시 근처 넓은 도로에 주차해주세요
blog.naver.com/sorisomunbooks/221571477646
한림읍 상명리 1036, Jeju

제주도 책방 소리소문@sorisomoonbooks의 인스타그램 소개글. 작은 동네 서점이나 독립 서점들을 다니다 보면 사진만 찍고 나가버리는 손님이 많아서 고민이라는 서점 사장님들을 만나곤 한다. 나라면 그럴 때 어떻게 할까? 생각하던 즈음, 이 서점의 멋진 소개글에 감탄했다. "사진 찍지 마세요!"라는 글보다 훨씬 섬세하고 센스 있다. 역시 서점에선 인생샷보다 인생책을 만나는 게 진리.

수집한 영감,
대체 어디에 어떻게 쓰냐고요?

영감계정을 운영하는 동안, 그리고 《기록의 쓸모》를 출간하고 가장 많이 받은 질문이 '수집한 영감을 어떻게 활용하느냐'는 거였다. 기록한 영감을 어떻게 써먹고 어떤 결과물로 만들어가는지에 대한 질문이다.

뭔가 특별한 답을 기대하는 분들도 많았겠지만, 사실 영감을 수집하는 행위 자체만으로도 충분하다. 아침 일찍 일어나 명상하는 루틴이 몸에 밴 사람이 명상을 특별한 행위가 아닌 생활의 일부로 받아들이는 것처럼 나 역시 마찬가지다. 영감은 어느덧 내 일상이 되었기에 의식하지 않고 부지런히 수집할 뿐이다. 이만큼 좋은 영감 활용법이 또 있을까?

정보를 아이디어로

언젠가부터 나는 '안다'와 '모른다'는 것의 의미를 촘촘하게 따져보기 시작했다. 이 세상 모든 것을 알거나 모른다는 잣대로 나누는 것이 얼마나 의미가 있을지, 약간의 의구심이 들어서다. 처음 들어본 브랜드, 가보지 않은 여행지, 보지 않은 영화나 책은 아는 것일까, 모르는 것일까? 어느 쪽도 아니지 않을까? 무언가를 보고 경험하고도 그에 대한 자기만의 의견이 없다면, 즉 나만의 무언가로 귀결되지 않는다면 나는 그것을 안다고 할 수 있을까? 영감으로 얻는 일상의 정보에 가급적 내 생각을 더해보려 노력하는 것도 그 때문이다.

나는 가끔 영감계정을 '생각의 핀터레스트'라고 상상하면서 언젠가 꺼내 쓸 영감을 가득 저장해둔다. 길을 걸으면서 눈에 띄는 간판이나 독특한 서체, 포스터, 카피 등을 찍는 행위는 관심 있는 곳에 핀을 꽂아두는 것과 다르지 않다.

이렇게 보인 영감은 디자인 레퍼런스나 아이디어로 연결된다. 사람들이 무얼 보고 어딜 가는지 기록해둔 영감은 기획의 단초나 우리 브랜드에 어울리는 마케팅 플랜으로 발전시켜본다. 유독 눈에 띄는 콜라보레이션 사례를 접하면 우리 브랜드와 결이 맞는 파트너는 누구인지 기록해둔다. 아직 덜 알려진 여행지나 숙소 정보 같은 것들도 기획 아이템으로 발전한다. 같은 시대를 살아가는 사람들이 추구하는 가치관이나 메시지가 무엇인지 눈여겨보면서 조금씩 실행에 옮겨보는 것도 정보에서 이어지는 영감 활용법이다.

프리워커스의 대표 격인 모베러웍스와 두낫띵클럽이 2019 S/S 시즌을 함께 기획한 것도 두 그룹이 전하고 싶은 메시지가 같았기에 가능했던 것이다. (*Do Nothing Club : 아무것도 하지 않는 백수 듀오) 마케터 친구들 아홉 명이 운영하는 포스트웍스 역시 각자 요즘 시대의 '일하는 방식'에 대해 생각하다, 그 생각들이 영감이 되어 마케터 협동조합으로 발전한 것이다.

즐거움을 전하는, 경쾌한 전달자

친구와 디즈니 인 콘서트에 간 적이 있다. 콘서트를 보는 내내 "와!"라는 감탄사만 나올 정도로 감동적이고 아름다운 시간이었다. 보고 나서도 감동은 쉬이 사라지지 않았고, 여운이 오래 남았다. 이 콘서트를 계기로 나는 즐거움을 전하는 의미에 대해 다시 생각했다. 즐거움을 전하는 일은 힘이 세고, 그 영향력은 또 다른 즐거움을 만드는 원동력이 된다.

어떤 마케터가 되고 싶냐는 질문을 자주 받는다. 상황에 따라 조금씩 다르긴 하지만, 사람들에게 도움이 되는 콘텐츠를 전할 때 직업적 성취감 내지는 재미를 느낀다. 좀 더 뾰족하게 말하자면 '즐거움'을 주는 일을 하고 싶다. 실제 내가 회사를 택했던 기준도 그랬고 개인 활동을 할 때 첫 번째 기준이 되는 것 역시 즐거움이다.

마케터의 역할은 무엇일까? 요즘에는 굳이 마케터라는 직업이 아니어도 인스타그래머나 유튜버로 활동하며 많은 것을 보고 듣고 전할 수 있다. 누군가에게 영향력을 미친다는 관점에서는 인스타그래머나 유튜버가 마케터와 비슷해 보이지만, 전달하는 정보의 색깔을 보면 마케터는 '경쾌한 전달자'로 느껴진다. 내가 생각하는 이상적인 마케터의 역할 중 하나다.

이러한 관점에서 보면 영감을 찾는 것도 빼놓을 수 없는 마케터의 일이다. 마케터에게 영감은 곧 '일과 삶의 소스'니까. 소비자들이 어디서 소비하고, 어디서 어떤 행동을 하고, 무엇에 감동을 느끼는지 관찰해 그 순간을 계속 담아내는 것, 무엇이든 꾸준히 수집하는 행위가 최고의 영감 활용법이라고 말하는 이유다.

생각을 언어로

영감의 수집에 여러 방법이 있겠지만, 나 같은 경우에는 생각을 언어로 남기는 데 꽤 많은 시간을 할애한다. 꾸준히 글을 쓰는 것도, 인터뷰 질문을 뽑을 때 일상의 대화에서 힌트를 얻는 것도, 습관적으로 영감노트를 쓰는 것도, SNS에서 받은 질문에 했던 답을 기록하는 것도 모두 생각을 언어로 남기는 작업이다. 생각을 언어로 남기는 것은 일종의 결과물을 만들어내는 과정이기에, 상당한 비중을 차지할 수밖에 없다.

이때 언어는 사전적 의미의 '언어'만이 아닌, 그 사람의 고유한 목소리에 해당한다. 사람, 나아가 브랜드만의 메시지와 색깔을 '언어'라고 한다면, 마케터들이 하는 대부분의 일은 생각을 언어로 바꾸는 것과 맞닿아 있다.

예전에 함께 일했던 리더가 "마케팅은 모든 부서의 일이지만, 우리만의 언어로 뾰족하게 다듬어서 고객에게 전달하는 것은 마케터의 몫"이라고 한 말이 아직도 기억에 남아 있다. 우리 브랜드만의 언어로 커뮤니케이션하지 않으면서, 즉 우리만의 언어로 바꾸지 않으면서 고객에게 우리의 생각이 가닿기를 바라는 건 욕심 아닐까? 게다가 애쓰지 않는 브랜드는 없다. 그렇기에 내부에서 만들어낸 결과물을 '우리만의 언어'로 잘 바꾸어 보여주는 브랜드와 그렇지 못한 브랜드의 격차는 더욱 뚜렷해질 수밖에 없다. 개인도 마찬가지다. 생각의 방향과 내용도 중요하지만, 내 생각을 언어로 보여줘야 네가 어떤 사람인지 알릴 수 있으니까. 그 과정에서 나라는 사람도 다듬어지고 만들어질 테니까.

글쓰기는 생각 쓰기

> < 모든 iCloud   (···)
>
> 생각이 좋아야 의미가 있지. 위대한 작가들이 아닌 이상,
> 어쩌면 <글쓰기>는 다 <생각쓰기>야. 누군가 너의
> 글을 좋아하면, 너의 생각에 동의했다는 뜻이야. 네가 글
> 쓰기가 나아졌다고 느끼는건 스스로 너의 생각이 나아졌
> 다고 느끼는거야. 쓰는 입장에선 생각하는게 즐겁지.

**"글이 나아지려면 생각이 고여야 하고, 생각이 고이려면 많이 보고
들어야 하고."** 편집자와의 대화 중에서.

우리의 모든 글쓰기는 결국 생각 쓰기다. 내가 얼마나 미약한 존재인
지, 얼마나 더 반성하고 바뀌어야 하는지 글쓰기를 통해 배운다.

제목만으로도 충분한 책

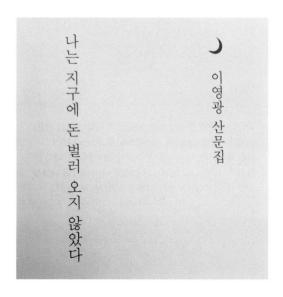

우연히 서점에서 발견한 책, 《나는 지구에 돈 벌러 오지 않았다》. 이영 광 산문집이다.

제목만으로도 충분한 책이 아닐까?
왠지 세상을 향한 결의가 느껴진다. 책 제목만 기억해도 저자의 메시 지, 철학을 배울 수 있다.

TPO에 맞는 카피 쓰기

지갑을 하나만 쓰세요?

신발장에 신발이 몇 켤레 있나요?

가죽공방 헤비츠의 상세 페이지에서 발견한 문구. 지갑이 꼭 하나일 필요가 없다며, TPO에 맞게 지갑을 여러 가지 방식으로 제안했다. 대부분 지갑을 갖고 있을 테니 사람들에게 새로운 제안을 통해 지갑을 판매하는 헤비츠. 지갑은 하나면 충분하다고 생각했던 나에게 질문을 던진다.

'지갑을 하나만 쓰세요?'

'신발장에 신발이 몇 켤레 있나요?'

'상황에 맞게 지갑도 다양할 필요가 있다는 것 아시나요?'

제품의 쓰임새를 제안하는 것은 마케터의 역량 중 하나일 테다.

책은 읽는 것, 옷은 입는 것, 채소는 먹는 것, 지갑은 하나만 있으면 되는 것이라고 단순하게 생각하지 말고 말랑말랑하게 생각해보자. 이렇게 파는 것도 마케터의 능력이므로.

세계적인 기억력 천재의 망각 예찬

> 66
>
> *나쁜 기억과 나쁜 경험은 무거운 짐과 같아요. 더 나은 현재와 미래를 추구하는 사람에게 망각은 훌륭한 선물이 될 수 있어요.*
>
> 에란 카츠
>
> 99

이스라엘 천재 슈퍼 기억왕 에란 카츠, 세계적인 기억력 천재의 망각 예찬이다. 무엇을 잊어버리고 무엇을 기억할지 구분하는 것만 보아도 진정한 암기왕이라 할 수 있다. 나쁜 기억과 나쁜 경험은 무거운 짐과 같으니 내려놓자.

해본 사람이 해주는 말

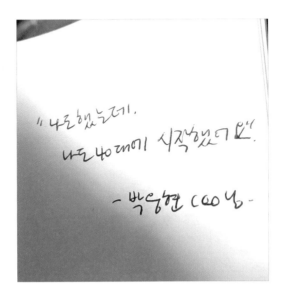

책에서 좋았던 구절을 다 컴퓨터 파일로 정리하신다는 박웅현 님. 그 말을 듣고 지금 하기엔 늦은 것 같다고 대답했더니, "**나도 40대에 시작했어요. 나도 했는데?**"라고 말씀하셨다. 순간 부끄러웠다. 해보지도 않고 나이부터 언급하다니. 그리고 용기가 났다.

나보다 먼저 태어난 사람들이 하는 말은 미래의 시간여행자가 나의 '현재'로 와서 이야기해주는 말 같다. 그런데 정답을 알려주는 사람 말고 '늦지 않았다'고, '하면 된다'고 힌트만 주는 사람이 좋다. 그래야 재밌으니까.

그러나 단서를 주지 않는다

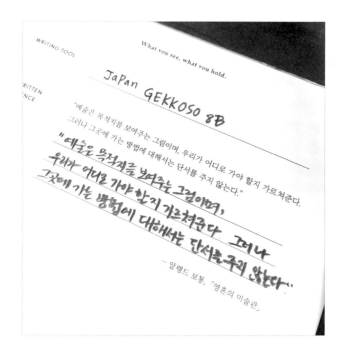

"예술은 목적지를 보여주는 그림이며, 우리가 어디로 가야 할지 가르쳐준다. 그러나 그곳에 가는 방법에 대해서는 단서를 주지 않는다." 알랭 드 보통의 《영혼의 미술관》 중에서.

우리는 분명 단서를 원하지만 너무 많은 단서가 주어지면 그 순간 재미없고 지루한 일이 되어버린다는 것을 안다. 그래서 인생은 힘들고 미스터리하다.

너무 차갑지 않게

사람을 뽑을 때 우리는 절대로 어중간한 마음으로 선택하지 않는다. 왜냐하면 좋은 사람이 들어오지 않으면 이쪽의 긴장감이 떨어지기 때문이다. 철의 열전도와 마찬가지다. 뜨거운 것과 차가운 것이 겹쳐지면 뜨거운 것은 차가운 것에 열을 빼앗겨서 차가워지고 만다. 우리는 뜨겁게 활동하고 싶기 때문에 상온의 사람이라면 가능성이 있지만 차가운 사람은 접하고 싶지 않다. 열을 전달하는 데 저항을 느끼는 것이 아니라, 나 자신이 '차가움'에 영향을 받고 싶지 않다는 말이다. 많은 사람 중에서 한 명을 선발하여, 먼저 매뉴얼대로 수십 번의 미팅을 한다. 의식을 D&DEPARTMENT에 몰두시키면서, 그 사람에게 적합한 일의 방식과 장소를 찾는다. 족히 한 달은 걸리는 그 과정에서 대부분의 사람들은 그만둬버린다. 분명하게 이야기하면 '벌금'을 매기고 싶은 심정이다.

"우리는 뜨겁게 활동하고 싶기 때문에 상온의 사람이라면 가능성이 있지만 차가운 사람은 접하고 싶지 않다. 열을 전달하는 데 저항을 느끼는 게 아니라 나 자신이 '차가움'에 영향을 받고 싶지 않다는 말이다." 나가오카 겐메이의 《디자인하지 않는 디자이너》 중에서.
차가운 사람보단 차라리 미지근한 사람이 되고 싶다. 금방 끓어오를 수 있게. 뜨겁게 활동하고 싶기에 차가운 사람은 접하지 않고 싶다는 나가오카 겐메이의 선언 같은 글을 읽고 한 생각이다.

직접 입어보지 않아도 괜찮아요

비록 내 키가 안 맞아서 제대로 보이진 않았지만, 아이디어가 좋았던 어느 매장의 디스플레이. 거울에 얼굴만 매치시키면 옷을 입어보지 않아도 옷이 나에게 어울리는지 볼 수 있다. 직접 입어보는 것보다 정확하진 않겠지만 옷 갈아입기 귀찮은 사람들에겐 제격일 듯.

Track Record

Track record, 아는 동생이 이 단어를 알려줬다. 가장 좋은 기록을 트랙 레코드라고 부른다. 수치나 기록만이 아닌, 내가 가진 모든 역량과 진정성과 노력과 태도의 총합이 나라는 사람의 트랙 레코드가 될 수 있다.

좋은 글은
좋은 분량을 담고 있다

 박산호
5시간 · 🌐

칼럼 초보자라 분량 맞추는 게 가장 힘들다 ㅠ.ㅠ 이번에 세 번째 칼럼을 썼는데 처음 두 번은 분량이 적어서 늘이느라 고생했고, 이번에는 분량이 많다고 다시 줄이느라 애를 썼다. 그냥 글자수를 정해서 거기 칼같이 맞추는 게 나을 듯 하기도 하고.

칼럼 장인이신 이정모 관장님이 칼럼 다 쓰신 후에 분량 찍은 사진을 볼 때 전에는 감흥이 없었는데 이제는 매번 감탄하며 보게 된다. 글의 분량 맞추는 게 생각보다 쉽지 않다. 마치 정육점에서 저울에 올려놓은(디지털 저울이 아니라 아날로그 저울)고기를 다시 썰거나 보태면서 근수를 맞추는 것처럼 이것도 예술이다.

글의 형식에 따라 쓰는 방법도 달라진다는 걸 일간지 칼럼을 쓰면서 깨달았다. 매일 글을 쓰는 번역가이자 작가인 박산호 님도 칼럼의 분량 맞추는 걸 이렇게나 힘들어한다. 나 역시 분량을 맞추는 게 어려워서 지난번 칼럼을 쓸 때에는 모자라서 힘들었고 이번엔 글이 넘쳐서 난감했다. 매번 글쓰기는 나에게 어려운 미션을 던져준다. 그럼에도 불구하고 꾸준히 쓰고 싶다는 마음으로 오늘도 욕심을 내본다.

UX 라이터에 대하여

토스엔 UX 라이터가 있다. UX 디자이너처럼 사용자와 인터페이스의 의사소통을 지원하고 경험을 향상시키는 텍스트를 만드는 사람이다. 예를 들어 앱에서 '3초 만에 가입하기'와 같은 마이크로카피를 쓰는 사람이다. 모바일에선 더욱 쉬운 언어를 써야 하고 문장은 간결하고 정확해야 한다. 특히 브랜드의 톤앤매너까지 잘 지켜야 한다. 아직 국내에서는 UX 라이터를 뽑는 곳이 많지 않은 것으로 안다. 토스에서 보내는 메시지들이 왜 세심했고 좋게 느껴졌는지 이제야 알 것 같다.

꽃이 아닌 맥락을 파는
영국의 꽃집에서

엽서를 팔던 영국의 꽃집. 왠지 엽서와 꽃이라는 감성도 어울리지만, 꽃뿐 아니라 엽서를 함께 선물한다는 맥락에서도 영리한 선택이다. 콘텐츠와 맥락을 함께 파는 방법이 바로 이런 것이라고 생각한다.

플라뇌르

요시고는 이국적인 것과 미지의 것 속에 숨겨진 균형을 찾고, 보이는 현실을 있는 그대로 담는 다큐멘터리 작가이기도 하다. PART 2는 미국, 헝가리, 일본 등 낯선 장소에서 '플라뇌르'가 된 작가가 새로운 지역과 문화를 경험하며 개인적인 관점으로 기록한 사진으로 구성되어 있다.

마지막 존에서는 바르셀로나를 가로지르는 료브레가트 강을 따라 탐험하며 새로운 시도를 선보인 프로젝트인 <RIU AVALL>을 다룬다.

*플라뇌르(flaneur): 한가롭게 배회하는 산책자

플라뇌르는 한가롭게 배회하는 산책자, 산책하는 사람을 뜻한다. 어쩌면 모든 예술가는 플라뇌르다. 나도 이 지구에 플라뇌르가 되기 위해 온 것은 아닐까?

두려움은 하고 싶은 마음

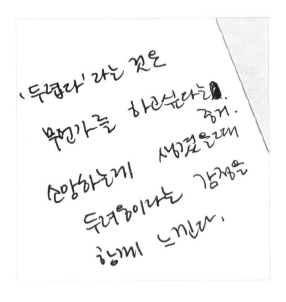

'두렵다'는 건 무언가를 하고 싶다는 증거다. 소망하는 게 생겼을 때 두려움이라는 감정을 함께 느낀다. 그만큼 잘하고 싶다는 거니까.

두려움이 느껴질 때면, 내가 또 무언가를 하려고 하는구나, 다음 단계로 넘어가려고 하는구나 하고 좋게 생각해보자. 두려운 마음이 생긴 지금 나에게 해주는 말.

훔쳐오고 싶은 감각

"나는 그런 좋은 문장을 쓸 수 있는 사람은 매일 무엇을 보고 있을까, 무엇을 사용했을까, 어떤 음악을 들었을까 하는 것들을 진지하게 생각해봅니다."
마쓰무라 야타로의 《좋은 감각은 필요합니다》 중에서.

세상에는 감각적인 사람들이 많지만,
그런 사람을 알아볼 수 있는 것도 감각이다.

열망의 시간

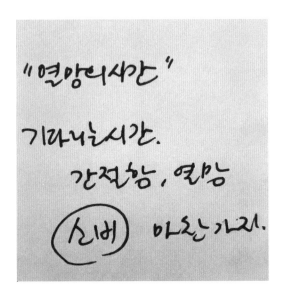

"열망의 시간을 가져봐요." 태하 님과의 대화 중에서.

무언가를 갖고 싶을 때마다 바로 사버리니 흥미도 금방 떨어진다.
간절함을 갖고 기다렸다 얻은 것은 다를 수밖에. 열망의 시간과 그렇
지 않은 시간의 밀도에 대해 생각하게 한 대화였다. 물건을 사고 싶을
때 바로 사지 말고 열망의 시간을 가져보자. 기다리고 기다리며 뜸들
여보자. 오래 고민하고 기다린 만큼 그 가치가 다르게 느껴질 테니.

소비 예찬

ep6. 2020 잘한 소비 망한 소비

조회수 140회 · 5시간 전

"인생의 중요한 일들은 때로 어떤 소비로 인해 일어나기도 한다."
유튜브 〈인성아뭐샀니〉 중에서.

너무 공감하며 기록한 문장이다.
러닝복을 샀던 그때부터 달리기를 시작했고
노트를 사고 나서 영감 기록을 시작했다.
앞으로 어떤 소비가 나를 좋은 곳으로 데려가 줄까?

철없고 영민하게

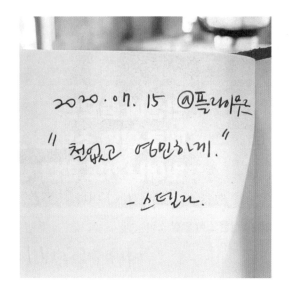

제주도 한림읍 귀덕리에 내가 좋아하는 에어비앤비가 있다. 그곳의 호스트 스텔라 이모는 영원히 철없고 영민하게 살고 싶다고 말씀하신다. 그래서일까, 이모에게서 느껴지는 밝고 건강한 에너지가 너무 좋다. 나도 나이가 들어도 철없고 영민하게 살아가고 싶다.

쓸 맛 나는 글

펜으로 쓰기. 노트북 키보드로 쓰기. 스마트폰으로 쓰기. 어떻게 쓰던 흰바탕에 글씨가 새겨지는 건 마찬가지인데, 익숙하지 않은 방법으로 글을 쓰는 건 영 내키지 않는다. 김훈 작가님이 원고지에 연필로 글을 쓴다는 건 유명한 이야기. 한 줄 한 줄 밀고 나가는 느낌으로 써야 글이 나온다고 한다. 나는 키보드로 쓰는 게 좋다. 키를 하나씩 누르며 단어들을 차곡차곡 쌓아가는 느낌을 즐긴다. 근데 지금 난 스마트폰으로 글을 쓰고 있다. 아 쓸 맛 안나.

블로그 이웃 HK의 글. 깊게 생각해본 적 없었는데 글쓰기에도 여러 종류가 있다. 나도 키보드로 치는 글과 종이에 쓰는 글쓰기가 좋다. 글을 쓰려면 일단 쓸 맛이 나야지! 글이 안 써진다면 쓸 맛 나는 글쓰기 환경을 구축해보자.

하는 일이 지루한가요?

> *"지금 하는 일이 지루하시면 ?"* 리디셀렉트, 낙진영님
> 작성
>
> 심심한 천국보다 재미있는 지옥이 더 낫다는 안이완도
> 지루함은 생각보다 견디기 힘든 감정이다.
> 예컨대 사람들에게 인터넷도 인터넷도 없고, 스마트폰도 없고,
> 읽을거리도 창밖풍경도 없는 아무것도 없는 공간에서
> 단 몇분만 있으라고 해서 전기충격기를 눌러가며
> 단 몇분동안 평균 수십번씩 스스로에게 전기충격을
> 가하는 경향을 보인다는 연구가 있었다.
>
> 우리는 지루함보다 차라리 고통을 선택한다.
>
> <지루함을 결정짓는 2가지>
> ① 일의 난이도 (너무 쉽거나 너무 어렵거나)
> ② 주관적 '의미' (나에게 어떤 의미를 주는가)
>
> <지루함을 벗어나는 방법>
> ① 일의 난이도가 쉽다면 제한시간을 둔다.
> ② 일의 난이도가 어렵다면 작게 쪼개서 하거나
> 잘하는 사람에게 배운다.
> ③ 나에게 줄수있는 의미를 찾는다. 처음의 열정을 복기한다.

지루함을 결정짓는 2가지

- 일의 난이도(너무 쉽거나 너무 어렵거나)
- 주관적 '의미'(나에게 어떤 의미를 주는가)

지루함을 벗어나는 방법

- 일의 난이도가 쉽다면 제한 시간을 둔다.
- 일의 난이도가 어렵다면 작게 일을 쪼개서 하거나 잘하는 사람에게 배운다.
- 나에게 줄 수 있는 의미를 찾는다. 처음의 열정을 복기한다.

내 방 여행하는 법

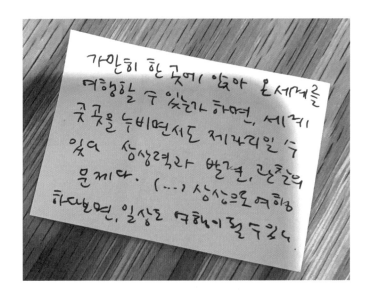

"가만히 한 곳에 앉아 온 세계를 여행할 수 있는가 하면, 세계 곳곳을 누비면서도 제자리일 수 있다. 상상력과 발견, 관찰의 문제다. 상상으로 여행하다 보면, 일상도 여행이 될 수 있다."

그자비에 드 메스트르의 《내 방 여행하는 법》 중에서.

어디든 여행할 수 있는 시대. 상상력과 관찰력이 있다면.

Spread the message!

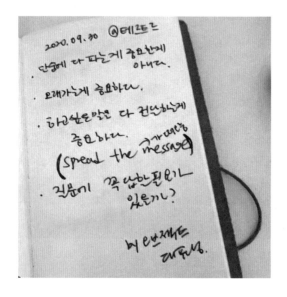

"하고 싶은 말을 다 전달하는 게 중요하다."
오브젝트 유세미나 대표님과의 대화 중에서.

단순히 제품을 파는 게 중요한 게 아니라, 브랜드의 메시지를 다~ 전달하는게 더 중요하다는 것. 고객에게 내가 하고 싶은 말을 어떻게 전할 것인가. 어떻게 끝까지 닿게 할 것인가. 마케터인 내가 매일 하는 고민들이다.

편집 디자인의 힘

〈뉴욕타임스〉의 '사회적 거리 두기'를 표현하는 방법. 편집 디자인 자체만으로 의미가 된다. 열 마디 말보다 한 장의 이미지가 더 강력할 수 있는데, 텍스트를 이미지처럼 활용한 디자인이어서 더 매력적인 사례.

생계를 대하는 태도

"생계를 진짜 생각한다면 최선을 다해야 합니다. 생계를 잘 챙기려면 일을 잘해야 하는 거지요. 거짓말하지 않아야 하고, 진정성을 가져야 하고, 내가 좋은 사람이 되어야 하고, 내가 말한 것과 행동이 일치해야 합니다."

박웅현, 오영식의 《일하는 사람의 생각》 중에서 내가 동의한 문장들. 역시 일과 삶은 다르지 않다. 잘 살려면 일을 잘해야 하고, 일을 잘하다 보면 잘 살게 되고.

한국에도
문구 자판기가 있다면

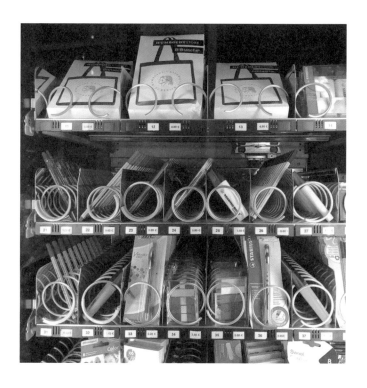

독일 베를린 훔볼트대학 도서관에 있는 문구 자판기. 실속과 효율 쏙
쏙! 사실 자판기의 핵심은 무얼 파느냐보다 어디서 무얼 파느냐니까.
호텔 로비의 맥주 자판기만큼이나 실용적이고 반가운 자판기 아닌가?

빈티지를 좋아하는 이유

내가 빈티지를 좋아하는 이유를 생각하다가 끄적끄적. 새것도 내 품에 들어오면 그때부터 새것이 아니다. 이왕이면 쌓아온 시간과 경험이 더 많은 선배가 좋지 않은가. 괜히 빈티지가 매력적으로 보이는 게 아니었다.

이것도 나, 저것도 나

2019. 08. 24 @탐라식당

사람들로 떠나서 내가
여러개 인것은 인정하지않아요.
여러개 인수밖에 없는데
하나로만 살려고하죠.
－태선.

화내는 것도 나고, 부모님 앞에서의 모습도 나고
회사에서의 모습도 나다.
매일 변하는 나의 모습에 나조차 혼란스러울 때가 있다.
하지만 나의 다른 모습을 보고 위축되지 말고, 자책하지도 말고
있는 그대로 사랑해주기. 내가 나를 사랑하지 않으면 누가 나를 사랑
해주나.

일어난 일이 아니라
내가 기억하는 것을 이야기할 것

"일어난 일이 아니라 내가 기억하는 것을 이야기할 것I am not going to tell the story the way it happened. I am going to tell it the way I remember it."

나 역시, 내 삶이 내가 기억하는 것으로 이루어졌으면 한다. 이런 믿음이라면 좀 더 기억에 남는 일을 하고 싶을 테니까. 기억될 가치가 있는 것을 한 번 더 찾게 될 테니까.

실패가 두려워서

2019. 11. 06

최선은 다했었는데의

실패가 두려워서

최선은 다하지않아.

— 슈퍼디스코.

술탄 오브 더 디스코의 다큐멘터리 〈슈퍼디스코〉에서 강렬하게 남았던 그들의 대화. 노력했는데 실패할 게 두려워서 최선을 다하지 않은 경험은 누구에게나 있다. 그런 일도 있는 것이다. 모든 것에 최선을 다하지 않아도 괜찮다. 괜찮다.

요리는 자연을 배우는 일

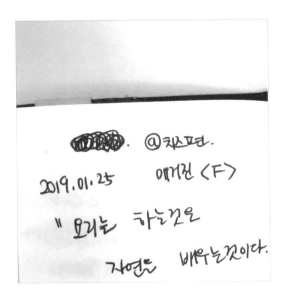

"요리를 하는 것은 자연을 배우는 것이다." 매거진 〈F〉.

요리는 자연을 배우는 일이다. 식재료를 다루는 매거진 〈F〉를 읽으면서
자연에 대해 알아간다. 단순한 진리이자 나를 겸허하게 만드는 문장.

직관적인 화장실 표지판

베트남 여행 중에 화장실을 찾다가 이런 표시를 발견하곤 웃음이 났다. 화장실로 내려가는 직관적인 표시 ⁄⁄⁄. 목적지가 어딘지 명확히 알게 해준다. 저 표시대로 대각선으로 내려가니 화장실이 있었다. 이처럼 표현할 수 있는 방식엔 한계가 없다. 표현 방식이 단순하거나 몇 개 없다면 스스로 만든 한계에 갇혀 있는 것은 아닐지.

건축가가 이야기를 채집하는 방법

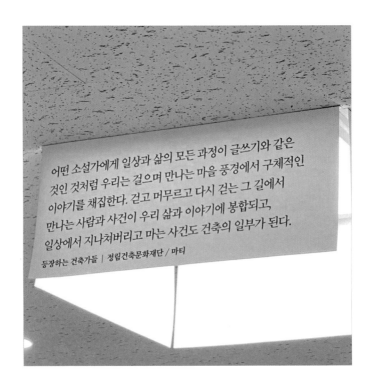

어떤 소설가에게 일상과 삶의 모든 과정이 글쓰기와 같은 것인 것처럼 우리는 걸으며 만나는 마을 풍경에서 구체적인 이야기를 채집한다. 걷고 머무르고 다시 걷는 그 길에서 만나는 사람과 사건이 우리 삶과 이야기에 봉합되고, 일상에서 지나쳐버리고 마는 사건도 건축의 일부가 된다.

등장하는 건축가들 | 정림건축문화재단 / 마티

속초 문우당서림 천장에 붙어 있던 말. '우연히 마주친 건축가의 말'에 공감하다. 우리는 모두 각자의 방식으로(이때 각자의 방식이란 자신의 업이기도 하고, 세상을 바라보는 관점이기도 하고, 잘할 수 있는 행동이기도 하다) 세상을 바라본다. 일상에 존재하는 모든 것들이 생각의 재료가 되는 시대이기에, 우리는 부지런히 나만의 이야기를 채집한다. 그리고 가공해나간다.

호크니의 영감과 기록

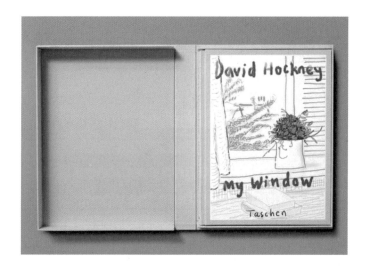

"호크니는 2009년 봄 처음으로 아이폰을 이용해 그림을 그리기 시작했는데, 아침마다 침대에서 나오지 않은 채로도 떠오르는 영감들을 담을 수 있었다. 이어 2010년부터는 아이패드도 사용하고 있다." 디자인프레스 블로그에서 발췌.

데이비드 호크니는 자신의 영감을 손에 닿을 수 있는 형태로 만든다. 콘텐츠를 담는 그릇도 적극적으로 활용해보는 호크니는 변화에 능동적인 아티스트다. 나의 영감은 어떤 그릇에 담아볼 수 있을까? 그릇을 바꿔가면서 콘텐츠를 만들고 있는가? 변화하는 것을 두려워하지 말고 계속 시도해보는 마케터가 되고 싶다.

유튜브의 미션

"모든 사람들에게 목소리를 주고 세상에 그들을 보여주는 것."

인스타그램과 마찬가지로 유튜브도 우리를 창작자로 만드는 플랫폼이다. 유튜브를 통해 나를 보여주고, 나만의 언어로 이야기할 수 있는 것은 이 시대이기에 누릴 수 있는 감사한 특권이다.

세상이 그렇게 넓다는데
제가 한번 가보죠

중국 장저우의 한 선생님은 10글자로 된 사직서를 제출했습니다.

<世界那么大，我想去看看。>
"세상이 그렇게 넓다는데, 제가 한 번 가보죠."

"세상이 그렇게 넓다는데 제가 한번 가보죠."

짧지만 강렬한 10글자의 사직서.

낯선 사람들을 가까이 하라

" 세상에서 아름답고 의미있는
일들의 대부분은 낯선 사람과
사랑하게 말을 터버면서
시작된다. "
- 말콤 글래드웰.

말콤 글래드웰이 《타인의 해석》을 출간한 후 진행한 '인터스텔라' 인터
뷰 중에서.

그는 인생에서 낯선 사람과의 대화 덕분에 얻은 관계의 확장과 즐거움
이 크다고 했다. 나 같은 경우 나이들수록 새로운 누군가를 만나는 데
피곤함을 느끼거나 경계하는 일이 많아졌다. 하지만 지난 제주 여행은
달랐다. 낯선 사람들과의 만남과 대화에 적극적으로 참여했고 예상치
못한 즐거움을 얻었다. 코로나19 시대, 관계의 방식이 주목받고 있다.
코로나 이후에도 다른 사람들과 어떻게 관계를 맺고 유지, 확장해갈
것인지가 우리 모두의 숙제이자 즐거움이기를.

이미지의 완성은 맥락!

상상할수록 상상하고 싶지 않지만, 센스 있다. (ㅋㅋㅋ)

당당한 광고 카피

"사 먹는 자가 맛을 안다!" 잠실역 3번 출구 김밥 가게.

당연한 말인데 엄청 당당하게 써 있어서 사 먹게 되는 효과가 있다.
"해본 사람만이 알 수 있어요" 같은 당당함이랄까.

나의 감각을
만족이라는 단어로 바꾸는 일

"감각 좋아도 잘 안 되는 사람 보면, 최선을 다해 자기 기준만 고수해요. 진짜 최선은 내 감각을 상대의 만족으로 변환시키는 거예요. 항상 대중 속에서 대중이 좋아하는 것에 축을 곤두세우고! 그게 이 업의 성실이에요." 〈김지수 기자의 인터스텔라〉 노희영 인터뷰 중에서.

대중에게 내 감각을 설득할 수 있을까? 다수를 만족시키는 게 가능할까? 예전에는 내 기준을 세우고 지키는 것이 감각이라 믿었는데, 요즘은 감각을 키우는 이유를 먼저 생각한다. 감각을 키우는 것이 고객을 설득하기 위해서라면, 성실하게 대중을 파고들 필요가 있다.

어제보다 오늘,
오늘보다 내일 더 성장하려면

'하고 싶은 일'을 추구해서 계속 노력했고, 나 자신의 가치를 높일 수 있다고 느낄 때에는 '돈'이나 '명예'도 버리고 이직했다. 그리고 0에서 결과를 내야 하는 상황으로 나 자신을 내몰았을 때 내 능력을 발휘할 수 있고, 그것을 뛰어넘었을 때 엄청나게 성장할 수 있다는 사실을 실감했다.

사람은 나약한 생물이다. '돈'이나 '명예'를 얻으면 거기에 만족해버린다. 더 이상 스스로 뻗어 성장하기 어렵다. 그리고 자신의 시장가치보다 높은 '돈'과 '명예'에 연연하게 된다. 그 결과 사회에서는 통하지 않는 존재가 된다. 그래서 나는 굳이 혹독한 장소에 있기로 했다. 사람은 어제보다 오늘, 오늘보다 내일 성장할 수 있어야 행복하기 때문이다.

모리카와 아키라의 《심플을 생각한다》 중에서.

모리카와는 전(前) 라인 주식회사 CEO로서 라인 메신저를 성공시킨 주역이다. 그의 경영 비결은 아주 심플하다. 대박 상품을 계속해서 히트시키는 것. 계속 히트작을 낸 비결은 자신을 굳이 혹독한 장소에 두는 것. 그래야 어제보다 오늘, 오늘보다 내일 더 성장할 수 있으니까. 경영자가 전하는 행복의 비결 같은 메시지.

일에도 사계절이 있어요

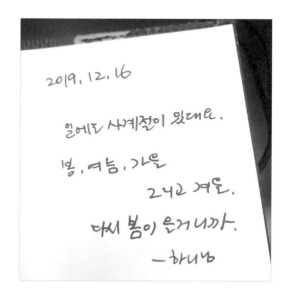

"일에도 사계절이 있대요."

일 때문에 힘들어하는 나에게 동료가 해준 한마디.

봄, 여름, 가을 그리고 겨울. 시간에도 계절이 있고 우리에게도 계절이
있다. 분명 봄이 올 거니까 낙담하지 말자.

게으름에 대한 고찰

류시화 Shiva Ryu
17시간 · 🌐

게으른 것이 잘못이라고 생각하기에
우리는 게으름을 나무란다.

그러므로 우리가 말하는 게으름이 무엇인지 알아보자.
만약 당신이 건강한데 일정 시간이 지나서도
침대에 누워 있으면
어떤 이들은 당신을 게으르다고 말한다.
만약 당신이 기운이 없거나 다른 건강상의 이유로
놀거나 공부하고 싶어 하지 않으면 그것 역시
어떤 이들은 게으르다고 한다.
하지만 정말로 게으름이란 무엇인가?

류시화 시인의 게으름에 대한 고찰. 몇 번을 읽었다. 그중 기억하고 싶은 문장들.

• 1년에 적어도 서너 달간 '게으름 피우는 일'을 '게을리하지' 않는다.

• 누군가 게으름이라 하는 것을 누군가는 깨어 있음이라 한다. 누군가는 어리석다 단정한 것을 누군가는 앎이라 한다. 누군가에게 주저한다고 보이는 것이 누군가에게는 마음의 중심에 다가가는 일이다.

• 바쁘게 살면서 우리는 삶의 중요한 문제들과 직면하기를 피한다. 자기 자신과 대면하지 않으려 바쁨을 유지하는 것이다. 이것이야말로 문제투성이의 게으름이다.

수상 소감에서 배우기

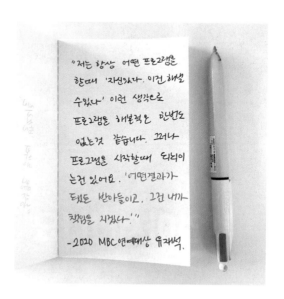

"저는 항상 어떤 프로그램을 할 때 '자신 있다. 이건 해낼 수 있다'
이런 생각으로 프로그램을 해본 적은 한 번도 없는 것 같습니다. 그
러나 프로그램을 시작할 때 되뇌는 게 있어요. '어떤 결과가 됐든
받아들이고, 그건 내가 책임을 지겠다.'"

유재석의 2020년 〈MBC 연예대상〉 수상 소감.

시상식에 서는 이들을 볼 때마다, 즐거움과 성과 뒤에는 책임감과 협업
이 존재한다는 사실을 새삼 느낀다.

앉아서 만나요!

"제 인생이 영화가 된다면 90%는 앉아 있는 장면이겠죠. 제겐 가장 애틋한 영화일 거고요." 시디즈 광고 '이동진 평론가' 편.

'#앉아서만나요'라는 이번 시디즈 캠페인 카피, 제품이 아닌 이야기를 파는 느낌이 든다.

씨앗처럼 정지하라

씨앗을 심어놓고 기다리면 꽃이 피어나는 것처럼 우리도 무언가를 심어놓고 기다릴 줄 알아야겠지. 멈춤이 곧 나아가는 것임을 새삼 느껴본다.

단어에 말 걸기

기타

끌어안지 않고 기타를 칠 방법이 있을까.
끌어당겨 어루만지고 쓰다듬으면 오래 함께
한 반려동물마냥 조용히 갸르릉거리는 기타
를. 나보다 몇십년 더 살고도 내 품을 파고들
며 지나온 나라와 시절의 비밀을 들려줄 듯
말 듯 희롱거리는 기타를. 우리는 숨결과 체
온을 나누고 우리는 손끝의 떨림을 나누고
우리는 오늘도 몸을 맞대고 영원히 흔들릴
배처럼.

가수 이적@jucklee 님의 인스타그램을 보면 '이적의 단어들'이라는 이름으로 올라오는 글이 있다. 보는 재미가 쏠쏠하다. 인스타그램에서 연재글을 읽는 기분? 나도 이렇게 단어 하나를 두고 글을 써내려가는 연습을 해봐야겠다.

영감을 주고받는 사람, 동료

나는 사람들에게 즐거움을 전하는 마케터가 되고 싶고, 영감은 사람들이 감동을 느끼는 순간을 수집하는 거라고 말했다. 그런데 영감은 문제를 해결할 때도 꼭 필요하다! 일이 막히거나 잘 안 풀릴 때 유능한 해결사 같은 영감이 솟아나기를 기다린 경험, 누구나 있지 않을까?

이때의 영감은 아무래도 내 안에서 끄집어낸다기보다는 사람들이 전해주는 영감, 즉 의견을 주고받으며 찾아가는 영감에 가깝다. 나는 문제가 생기면 풀릴 때까지 사람들과 대화를 하고 의견을 주고받으면서 답을 만들어가는 편이다.

일할 때에도 머릿속에 있는 내용을 문서로 정리해 1차 아이데이션을 한 후에, 계속 질문하고 피드백을 받아서 완성해나간다. 혼자보다 여럿이 모였을 때 더 나은 결과를 만들 수 있다고 믿기 때문이다.

《기록의 쓸모》를 쓸 때에도 동료 마케터 5명한테 초고를 보여주고 피드백을 받았다. '내 주변의 마케터들이 사고 싶은가'가 가장 중요했으니까. 동료들과 주고받는 피드백은 그 자체가 영감이 되고, 뾰족하게 아이디어를 만들어가고 답을 찾아내는 힘이 된다.

물론 이렇게 일할 수 있는 이유는 내 의지도 있겠지만 환경 덕이 크다. 한마디로 주위에 좋은 영향을 주는 동료들이 많기 때문에 가능하다. 같은 회사, 같은 조직에 있다고 반드시 동료는 아니다. '동료'라 부르는 것이 어색하지 않은 것은 무엇보다 서로에게 신뢰가 있기 때문이다. 일에 대한 생각이 같다면, 서로 믿고 일할 수 있다면 누구나 동료가 될 수 있다.

일의 답을 구하는 상황이 아니어도, 나 스스로를 의심하거나 괜히 자신 없을 때면 동료들에게서 힘을 얻는다. 나는 멘털이 약해졌을 땐 멘털이 강한 동료에게, 기획력이 부족하면 기획력이 강한 동료에게, 실행을 못 할 것 같으면 실행력이 강한 동료 옆에 가 있는 편이다. 개인적으로 환경의 영향을 많이 받는 성향이기도 하지만, 나는 환경 설정에 따라 사람이 꽤 달라진다고 믿는다.

스스로 해내기 힘든 일이 있다면? 실행이 어렵다면? 나를 촉진시켜줄 수 있는 환경 안에 스스로를 자꾸 던져보라 말하고 싶다. 계속 성장하고 변화하는 나를 보면서 자신감이 생길 테니까. 어쩌면 영감을 주고받을 수 있는 사람이야말로 진짜 동료 아닐까. 함께 머리를 맞댈 수 있는 사람, 솔직하게 의견을 나눌 수 있는 사람이 내게는 동료다.

해줄 수 있는 말 한마디

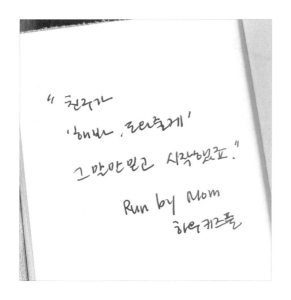

페이스북 Run by Mom 행사 때 '하우키즈풀'이라는 브랜드의 대표님이 이 브랜드의 시작에 대해 이야기하셨다. **"친구가 '한번 해봐, 도와줄게.' 그 말만 믿고 시작했죠."**

모든 일의 시작이나 배경을 들여다보면 그 상황에 맞는 말이 존재한다. 누군가의 한마디가 사람을 살리기도 하고 죽이기도 하고, 변화의 결정적인 계기가 되기도 한다. 말의 힘은 크다. 나는 살면서 어떤 말을 던질 것인가.

소울 메이트

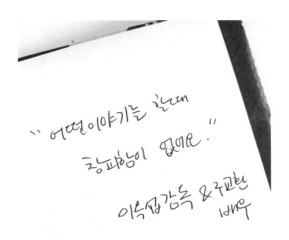

"어떤 이야기를 할 때 창피함이 없어요."
이옥섭감독 & 구교환
배우

"어떤 이야기를 할 때 창피함이 없어요." 감독 이옥섭과 배우 구교환과의 대화 중에서.

소울 메이트란 이런 사이. 시답지 않은 아이디어를 던져도 아무렇지 않은, 오히려 잘 받아주는 관계. 마케팅 아이디어를 낼 때도 이렇게 창피함이 없는 소울 메이트 같은 동료들과 일할 때 가장 성과가 좋았다. 아니면 그런 분위기를 만들든가. 그래야 막 던질 수 있다.

이런 친구 사이

르 코르뷔지에와 파블로 피카소. 앤디 워홀과 장 미셸 바스키아.

서로가 서로에게 '에너지, 경쟁, 자극, 뮤즈'가 되어주는 것.

그것이 우정.

우리는 모두 시인이다

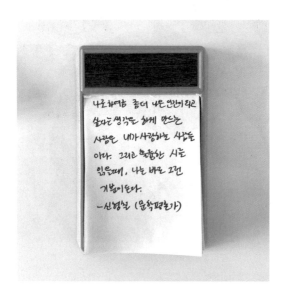

"나로 하여금 좀 더 나은 인간이 되고 싶다는 생각을 하게 만드는 사람은 내가 사랑하는 사람들이다. 그리고 훌륭한 시를 읽을 때, 나는 바로 그런 기분이 든다." 문학평론가 신형철의 한마디.

나도 누군가에게 그런 생각을 하게 만드는 존재가 아닐까? 그렇다면 우리는 모두 시인이다. 다른 사람의 마음을 해치지 않는 시를 쓰는 사람들이다.

기억하기 쉬운 이름

방콕에 있던 팩토리커피에서 주문을 하려다 이런 메뉴를 발견했다. 커피 이름이 스티브 잡스인 이유는 사과가 들어갔기 때문. 부르기 쉬운 이름은 기억하기도 쉽다. 스티브 잡스도 이 커피를 봤다면 분명 좋아했을 텐데.

영리하고 세심하게

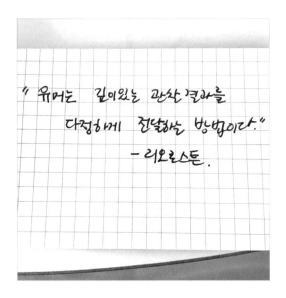

"유머는 깊이있는 관찰 결과를 다정하게 전달하는 방법이다."
- 리오로스톤.

유머가 아닌 유·우머. 유머러스한 사람은 단순히 웃기는 사람이 아니라, 상대를 아주 영리하게 관찰하고 세심하게 웃길 줄 아는 사람이다. 긍정적인 예민함의 끝판왕, 그 이름은 '유머'.

동물을 찾아보세요!

"도서관에서 동물을 찾아보세요." Find the Animals.

뉴욕공립도서관 안내도에는 재미있는 포인트가 있다. 도서관 건물 양식에 있는 동물들을 찾아보라 한 뒤 도서관을 '탐험'하라고 표현한 것. 보통 도서관 브로슈어라면 단순하게 공간 안내와 건물 양식을 설명하는 정도일 텐데 지루하지 않고 재미있게 즐길 수 있도록 미션을 만들어줬다. 미션을 수행하다 보면 사람들이 이 공간에 대해 훨씬 많이 알아가고 오래 기억하지 않을까? 아무도 안 보는 안내도가 아니라 게임으로 풀어낸 이 안내도를 보면서 나도 무언가를 관성대로 하지 말고 늘 다르게 시도하자고 다짐해본다.

사소한 순간을 기억하는 방법

방콕 식당에서 친구들과 밥을 먹고 나가려는데 컵에 있는 랜덤 카드를 뽑으라는 것이다. 랜덤 카드 안에는 포춘 쿠키처럼 다양한 메시지가 담겨 있었다. 사소해 보여도 이야깃거리와 추억을 만들어주는 메시지 카드가 아닐까? 사소하지만 의미 있는 순간으로 남을 경험을 선물해주는 곳은 잊히지 않는다.

좋은 대학 가는 입구

지나가다 우연히 발견한 간판. 말 한마디가 천 냥 빚을 갚는다는데,
공부하러 들어가는 기분이 괜히 좋아질 것 같다. 매일 저 문을 통과
하는 친구들이 각자가 생각하는 좋은 대학에 모두 입학할 수 있기를
바란다.

알게 되면 보이나니

사랑하면 알게되고
알게되면 보이나니
그때 보이는것은
전와 같지 않으리라
-조선시대 문성가, 유한준

"사랑하면 알게 되고 알게 되면 보이나니 그때 보이는 것은 전과 같지 않으리라."

나의 영감노트와 비슷한 이야기. 알게 되면 보이고, 보려고 하는 사람에게 무엇이든 더 잘 보인다. 일상을 사랑하자. 그리고 깊게 들여다보자.

안자이 미즈마루의 메모

수업 중에 적어놓은 말
【후루타니 미쓰코】

- 일러스트레이터가 될 수 있는 사람은 여러 사람에게 보여줄 수 있는 사람. 제대로 공부하는 사람.
- 일러스트레이터는 '몸이 좋은 실업자'. 어쨌든 일을 하지 않으면 안 됨.
- 의뢰인을 존중한다. 회사원을 무시하지 않는다. 사람을 대하는 마음가짐이 중요.
- 답장은 바로 하고, 마감은 반드시 지킨다. 한번 일을 한 상대를 소중히 한다.
- 그림이 별로라고 욕먹으면 어쩌지 하는 생각을 버린다. 눈앞의 리얼리즘을 자기 식으로 때려눕힌다는 느낌으로.
- 사람은 이상한 것을 보면 따가 끼어서 이상해진다.

안자이 미즈마루의《마음을 다해 대충 그린 그림》중에서. 수업 중에 적어놓은 말.

- 의뢰인을 존중한다. 회사원을 무시하지 않는다. 사람을 대하는 마음가짐이 중요.
- 답장은 바로 하고, 마감은 반드시 지킨다. 한번 일을 한 상대를 소중히 한다.
- 그림이 별로라고 욕먹으면 어쩌지 하는 생각을 버린다. 눈앞의 리얼리즘을 자기 식으로 때려눕힌다는 느낌으로.

셔틀콕

한양대 에리카 캠퍼스에 있는 귀여운 버스 정류장 이름. 아무것도 안 쓰거나 단순하게 버스 정류장이라고 쓸 수도 있었을 텐데 굳이 이렇게 곳곳에 위트를 버무리는 사람들이 좋다.

BEST GIFT FOR YOUR MOM

뉴욕의 스트랜드북스토어Strand Book Store에서 책을 제안하는 법. 책마다 이렇게 책을 소개하는 종이를 끼웠다. 독자에게 책을 권하는 재치 있는 멘트가 고스란히 영감이 된다. 편집숍과 서점 등은 같은 콘텐츠라도 어떻게 큐레이션하고 제안하느냐에 따라 매출도 천차만별일 것이다. 소비자 입장에서는 자신을 가만히 두는 곳보단 콘텐츠를 통해 적극적으로 제안하는 곳이 더 끌릴 수밖에.

지하철 거울에서 만난 영감

"질서는 편하고 아름답고 자유로운 것."

가장 기본적인 것이 가장 중요하다. 지하철역에서 만난 이 문장이 오늘따라 내 머릿속에 남는다.

세심한 카피는
마음에 남는다

"아점보다 이른 시간, 톡으로 브런치 글이 도착합니다."

특별할 것 없는 카피인데 기억에 남는 이유는 살면서 공감할 수 있는 표현 덕분 아닐까. 어벙한 문장보다 뾰족하고 구체적인 카피가 정말 좋다. 나도 이런 문장을 쓰고 싶은데 늘 뻔하게 쓰게 되는 것은 왜일까.

우리가 적는 미래

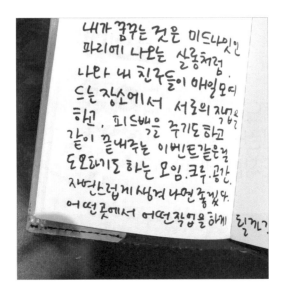

규림이 보내준 한 장의 사진. 곧 펼쳐질 우리의 미래. 말하는 대로 이루어진다는 자기계발적 메시지까지는 아니어도 원하는 것을 적어보면 좋겠다. 그것이 미래라면 더더욱 좋겠고. 생각날 때마다 쓰면서 미래의 그림을 그릴 수도 있고, 미래를 함께 만들어가고 싶은 사람을 찾을 수도 있으니까.

'재미'가 밥 먹여준다!

도쿄R부동산은 매해 목표를 세운다. 목표는 전혀 다른 두 가지 축으로 설정되는데, 그중 하나는 '재미'다. 목표란 모름지기 자신이 하는 일에서 무엇을 중시하는지가 드러나야 하는 법. 우리 경우는 전달하는 정보의 재미가 무엇보다 중요하다. 재미있는 정보를 게재함으로써 즐겁고 재미있는 가게(사이트)가 되려 한다. 가령 지난해보다

바바 마사타카, 하야시 아쓰미, 요시자토 히로야가 쓴 《도쿄R부동산 이렇게 일합니다》를 읽다가.

'재미'라는 가치는 절대 소소한 즐거움이나 작은 존재가 아니다. 그 자체로 하나의 가치다. 재미로 세상을 바꾸어가는 모습도 많이 봤으니까. 재미 있는 사람을 싫어하는 사람이 있나? 재미 있는 브랜드를 싫어하는 사람도 있나? "재미가 밥 먹여주냐"라고 누가 물으면 당당하게 말합시다. 네!!!

나를 정의하는 건 자신

bd_yoo · 팔로우

bd_yoo 나는 딱히 직업이란 걸 하나로 정해두
고 싶지 않다. 하고 싶은 게 많아서 모든 걸 잘 하고 싶다.
전문성이 떨어진다 생각하는 사람도 있을 수 있
겠지만 내가 만족하고 나로 인해 만족해하는 사
람이 있으면 된다고 생각한다.
그 순간 진심으로 최선을 다하면 그게 직업이라
생각한다.
내가 샵을 운영하면 샵 대표이고
사진을 찍을 땐 포토그래퍼이고
가죽으로 무언가 만들 땐 공예가이다.
앞으로도 직업을 더 늘려 갈 것이다.
돈을 버는 일로 가지는 것도 중요하지만 내가
하고 싶은 일로 인해 돈이 생기는 일은 더 즐겁
다고 생각한다.

100초

좋아요 141개

"딱히 직업이란 걸 하나로 정해두고 싶지 않다. 하고 싶은 게 많아서 모든 걸 잘하고 싶다. 전문성이 떨어진다 생각하는 사람도 있을 수 있겠지만 내가 만족하고 나로 인해 만족해하는 사람이 있으면 된다고 생각한다. 그 순간 진심으로 최선을 다하면 그게 직업이라 생각한다. 내가 샵을 운영하면 샵 대표이고 사진을 찍을 땐 포토그래퍼이고 가죽으로 무언가 만들 땐 공예가다."

그럴듯한 수식어로 나를 표현하기보다 내가 지금 하는 일로 나를 정의하는 것. 순도 100%의 표현이다. 그리고 주체적인 나의 직업을 찾아가는 과정. 내가 하고 싶은 일로 돈이 생기는 것. 유병덕 님의 글이 구구절절 공감되고 멋있었다.

Steal with Pride

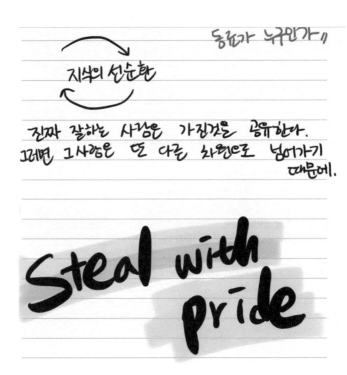

동료가 누구인가!!

지식의 선순환

진짜 잘하는 사람은 가진것을 공유한다.
그러면 그사람은 또 다른 차원으로 넘어가기
때문에.

Steal with pride

Steal with Pride. 나만 알고 있던 시대는 끝났다. 잘하는 것을, 아는 것을 동료와 공유하고 함께 성장하는 시대다. 이제 함께하는 사람들이 성공하는 사회가 될 것이다. 진짜 잘하는 사람은 자신의 것을 공유하고 또 다른 차원으로 넘어간다. '지식의 선순환' 시대.

"나 때문에 성공한 동료가 누구인가."

글은 남고 말은 증발한다

스포츠처럼 흡수하고 좋은 점을 계속 반복하라

Q) 기록에 관하여
글로 써두지 않으면 말은 증발해요
공기에 흩어지는 말을 잡아놓는게 글이다
말할 동안에 잊혀지는데 글로 적어두면 다시 그 말이 살아나요. 잊혀질만한 순간들을 다시 상기시켜줄거예요.

《일하는 사람의 생각》 북토크를 듣다가 박웅현 님이 말해주신 부분을 기록했다. 말하는 동안 잊히는데 글로 적어두면 다시 그 말이 살아난다. 훌륭한 말과 글은 파트너 같은 것.

도서관의 자리 맡는 방식

독일 베를린 훔볼트대학 도서관에서 자리를 비우려면, 책상 위에 있는
PAUSE 장치로 언제 돌아올 것인지 체크하고 가야 한다. 본인이 정해
둔 시간을 못 지키면 그냥 다른 사람이 앉아도 된다. 작은 배려를 아
이디어로 만든 사례.

브랜딩의 시작

푸시 알림 설정

정말 중요하다고 생각하실만한 일이 있을 때만
알려드릴게요. (약속해요!)

푸시를 키신 분들은 다른 분들에 비해 스피킹을
꾸준히 하실 확률이 3배나 높아요!

푸시 알림 키기

앱에서 푸시를 보내는 이유는 무언가를 알리기 위해서, 정확히 말하자면 브랜드의 메시지를 제대로 전달하기 위해서다. 그래서 앱 서비스에선 유저들이 푸시 알림을 켜두게 하는 것이 매우 중요하다. 스픽은 모든 앱에서 구태의연하게 쓰는 알림 설정 문구가 아닌, 푸시 알림을 켰을 때의 장점을 구체적으로 어필한다. 이런 작은 곳에서부터 차별화된 브랜딩이 시작된다고 믿는다.

회전 초밥 말고 회전 디저트

재미있는 기획, 회전 초밥 아니고 회전 디저트.

도쿄의 회전 디저트 카페 론론. 회전 초밥처럼 1800엔으로 무제한 디저트를 맛볼 수 있다. A라는 세계에서는 당연한 것을 B라는 세계에 적용했을 때 사람들은 새롭다고 느낀다. 익숙함과 낯선 것의 조합이다. 사람들은 너무 새롭거나 완전히 다른 것은 낯설어하지만, 익숙한 것을 적절히 조합해 새롭게 만드는 것에는 열광한다. 〈쇼미더머니〉가 늘 비슷해 보이지만 다른 기획을 시도하는 것처럼. 기획이 일상에 존재하는 이유도 이것!

내 와이파이를 소개합니다

실제 조선소를 카페로 개조한 속초 칠성조선소의 와이파이. 와이파이 비번 덕분에 '1952년부터 이 조선소가 있었다'는 사실을 알 수 있었다. 대부분의 공용 공간, 상업 시설에서 사람들이 물어보는 와이파이 비번은 고객과의 접점이 생겨나는 포인트다. 이왕이면 와이파이 비번에 '전하고 싶은 메시지'를 담아봐도 좋겠다. 센스 있고 재치 있고 기억하기 쉽게.

This is a book!

이것이 무엇으로 보이는가. 작은 종이? 문구? 책이다! 뉴욕의 독립 서점인 프린티드매터Printed matter에서 당당히 팔리는 이 책은 책의 형태에 대한 우리의 편견을 단번에 부순다. 그 어떤 것도, 어떤 이야기도 책이 될 수 있다. 가끔씩 스스로의 편견을 깨고 싶을 때마다 들여다보기 위해 구매했다. 세상의 고정관념과 편견대로 살지 말자. 나에게 책이면 책인 거야.

정체성을 만들고 전하는
작은 시도들

속초 문우당서림의 진심이 느껴지는 작은 시도들.

이곳에서 책을 구입하면, 직접 쓴 글귀가 담긴 봉투갈피 혹은 태그가 부착된 봉투에 담아준다. 내가 원하는 글귀와 색깔을 고를 수 있는, 커스터마이징 봉투다. 책을 읽다가 좋은 부분에 표시할 수 있는 인덱스 책갈피도 준다. 문우당서림만의 정체성을 만들고 전달하는 작은 시도들이 좋다. 이러한 시도들이 쌓여 사람들을 모으는 것이 바로 공간의 힘이자 브랜드의 매력 아닐까.

쓰레기는 먼저 본 사람이 줍는다

천여 명의 구성원이 보는 앞에서 배달의민족 김봉진 의장님이 띄워놓은 장표 한 장. 한 줄의 문장이 그 회사가 어떤 곳인지를 말해준다. 어쩌면 정말 중요한 건 이런 것이니까. 기본이지만 지키지 않는 것들. **"쓰레기는 먼저 본 사람이 줍는다."**

콜라보레이션의 시대

우리 사이엔 오해가 있다
이슬아×남궁인

웹진 '주간 문학동네' 배너를 보고 든 생각. 콜라보레이션 시대에 가장 중요한 건 '함께해서 어떤 시너지가 날 것인가'이다. 각자의 세계가 만나 또 다른 세계를 만들 수 있는가? 그 세계는 의미 있을 것인가? 유효한가? 이슬아×남궁인의 《우리 사이엔 오해가 있다》는 타인을 이해하고 알아가는 과정을 보여줬다는 데서 그 의미를 충실하게 보여준 케이스다. 콜라보레이션의 본질은 케미이므로.

최선을 다하는 청첩장

"KINDLY REPLY. 청첩장 회신해주세요."

청첩의 사전적 의미는 '결혼 등의 좋은 일에 남을 초청하는 글을 적은 것'이라고 나와 있다. 남을 초청해 제대로 대접하려면 하객의 성향과 기호를 알면 더더욱 좋을 테다. 미국의 청첩장은 본연의 역할에 최선을 다한다. 하객은 고기Beef를 먹을지 생선Fish을 먹을지까지 체크해서 보내야 한다고 하니 소통하는 청첩장이라 할 수 있겠다. 그동안 일방적으로 받기만 했던 청첩장들과는 다르게 느껴지는 청첩장 커뮤니케이션 방식이다.

공간은 나를 담는 그릇

속초의 비단우유차에서 든 생각을 끄적끄적.

모든 것에 유행이 있듯이 인테리어에도 유행이 있다. 내가 생각하는 최고의 인테리어는 공간을 만든 사람의 의도가 드러나는 것이다. 유럽풍이나 일본풍, 모던과 레트로가 중요한 게 아니고, 그 사람의 감성이 느껴지는 곳이 가장 좋다. 〈중경삼림〉을 좋아하는 비단우유차 사장님은 공간도 옛날 홍콩처럼, 음악도 홍콩 노래로, 심지어 〈중경삼림〉에 나오는 브랜드들을 패러디해 패키지로 만들었다. 내가 좋아하는 것을 뾰족하게 보여줄수록 공간은 아름다워지고, 다시 가고 싶은 곳이 된다.

아마존의 새벽 배송 광고

새벽 배송을 직관적으로 보여주는 아마존 광고. Amazon의 am을 강조했을 뿐인데 모든 것이 설명된다. 새로운 브랜드의 확장은 모(母) 브랜드로부터. 브랜드 자산을 활용하는 대표적인 마케팅 전략의 하나.

전략은 제약을 이기는 일

"결국 건축이란 제약이 있기 때문에 존재 의미가 생기는 일인 셈이죠." 매거진 〈B〉 '잡스-건축가' 중에서.

예전에 예산을 무한대로 늘려서 캠페인 계획을 짰을 때 상사가 했던 말이 떠올랐다. 돈을 무제한으로 쓸 수 있으면 누구나 마케팅할 수 있을 거라고, 제한된 상황에서 전략이라는 걸 세워야 하는 거라고, 그 전략을 짜는 것이 마케터의 일이라고 말이다. 시장에서 이기려고 무제한의 상황으로 넘어가면 망할 가능성이 더 클지도 모른다. 제약이 멋진 전략을 만든다.

헌 책 커버 리사이클링

중고 책방에서 산 고전 책들의 커버를 다시 만드는 리사이클링 프로젝트. 헌 책, 그것도 고전문학의 헌 책을 다시 사고 싶게끔 하는 나사 빠진@nasa_pajin 님의 북 커버들은 하나같이 아름다웠다. 커버 때문에라도 다 모으고 싶을 정도다. 고전문학의 콘텐츠를 요즘 감각으로 재해석해 더 많은 사람이 접할 수 있게 한다는 것이 정말 멋지다. 계속 새로운 것을 만들어내는 것도 좋지만, 옛날의 좋은 것들에 나의 관점을 덧대보는 것도 좋은 방법이다.

꿈을 이뤄주는 공간

키미앤일이의 그림책 〈바게트호텔〉을 그대로 재현한 부산의 바게트호텔에 왔다. 그림을 재현했다는 사실만으로 지금 내가 있는 시공간이 다르게 느껴진다. 상상 속에 있던 공간이 현실로 나타난 느낌이다. 마치 디즈니랜드에 놀러 가서 동화 속 모습들이 실제로 재현되는 것을 봤을 때 느낌과 비슷하다. 잘 만든 공간은 누군가의 꿈을 이뤄주기도 한다.

마감 시간 대신 책 덮는 시간

전주시 평화동에 있는 학산숲속시집도서관. 도서관이 숲속에 있는 것만으로도 운치 있는데 안내의 표현력마저 근사하다.

'Closed, 마감, 문 닫는 시간' 말고 '책 덮는 시간',
'오전 9시, 오후 6시' 말고 '이른 아홉 시, 늦은 여섯 시',

섬세함에 감동받고 간다. 이런 것들이 '자기 언어'를 만들어나가는 사례 아닐까.

좋은 콘텐츠는
그릇을 가리지 않는다

좋은 콘텐츠는 그릇을 가리지 않는다. 다양한 기기들이 또 다른 독서의 형태를 만들어나간다. 스마트폰만 보는 것에 죄책감 갖지 말기를 바라며. 나 역시 스마트폰 하나로 얼마나 많은 일을 할 수 있는지 꾸준히 보여주고 싶다.

사람을 끌어당기는 기술

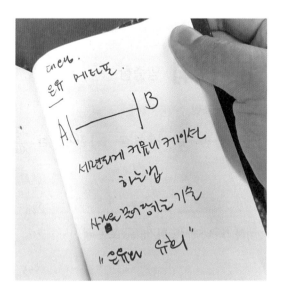

"은유metaphor는 세련되게 커뮤니케이션하는 방법이자 사람을 끌어당기는 기술이다." 모베러웍스 대오 님과의 대화 중에서.

광고에서 흔히 쓰이는 기술 중 하나인 메타포(은유)는 다른 것을 비유함으로써 이해의 폭을 넓히는 것을 말한다. 창의성이 풍부한 사람들은 은유를 통한 사고를 한다. 고정관념이 적을수록 은유하기 쉬운 것 같다. 광고뿐 아니라 일상에서도 마찬가지다. 은유법만큼 부드럽고 세련된 커뮤니케이션은 없다.

단어에서 태도를 배운다

忙中閑 망중한

[장단음] 망중-한 [숙어]

忙 바쁠 망 中 가운데 중 閑 한가할 한

바쁜 가운데에서도 한가(閑暇)로운 때

너무 바쁜 요즘, 망중한을 즐기고 싶다.

오늘의 단어, 망중한(忙中閑).

아주 낭만적인 경고문

눈으로 보고 가슴으로 담아가는 것. 경고 문구를 이렇게 철학적으로 쓸 일인가. 작품 아래 붙은 경고판이지만 낭만적으로 그림을 즐기는 법처럼 읽힌다.

좋은 경험은 돈이 됩니다

대만 서점 보븐에 들어가면 신어야 하는 슬리퍼. 그 슬리퍼를 이렇게
팔고 있다. "Like boven, Like home." 슬리퍼를 신는 순간 푹신푹신한
편안함에 진짜 사올 뻔했다. (결국 사진 않았지만.)

결혼을 앞둔 직장 동료가 부산 아난티호텔의 침구가 좋아서 그 제품
을 사려고 찾던 것이 기억났다. 어떤 공간에서 써본 것들을 집에서도
쓸 수 있게 하는 건, 그때의 경험을 파는 것이다. 제품뿐 아니라 처음
부터 총체적인 경험을 디자인해야 하는 이유다.

극과 극의 조합

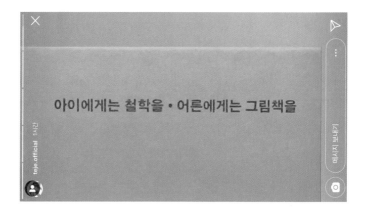

"아이에게는 철학을, 어른에게는 그림책을."

태재@teje.official 님 인스타스토리에서 캡처.

이웃집 치킨과 콜라보레이션

맥줏집 메뉴판에서 발견한 이웃집 치킨과의 콜라보레이션. 우리 가게가 치킨을 만들 수 없다면 옆집과 협업한다는 생각과 방식이 좋았다. 이름도 '이웃집 치킨'이다. 서로의 약점을 보완하고 강점을 잘 살려서 협업하는 것, 이런 것이 진정한 '콜라보레이션'이라고 생각한다.

마트의 센스 있는 배려

"속옷은 종이 봉투에 넣어서 갖고 가세요."

사소해 보여도 사소하지 않을 수 있다. 고객의 입장에서 생각해보면 당연한 것일 수 있는데 만드는 사람의 입장이 되어보면 미처 생각지 못한 부분들이 많다. 속옷을 그냥 카트에 넣어 가져간다면? 민망하지 않을까? 계속 질문하고 상상해보는 것이다. 상상을 하는 것도 노력이 필요하다. 그래서 이런 세심한 배려를 보면 찍어둔다. 누군가의 세심함과 배려도 다 노력의 결과물이다.

기록자의 의무

...nesty — 정직이 최선의 방책입니다. 대개 인터뷰이는 산전수전 ...
전까지 다 겪은 사람들인 만큼 어설픈 거짓말은 화를 부르기 쉽...
니다.

Interview — 말 그대로 내면을 들여다보는 것입니다. 겉으로 드러나...
않은 이면을 보려고 노력하세요.

Justice — 때로 정의감을 가져야 합니다. 기록자의 의무는 약자의 편...
에 서는 것이니까요.

Kind — 상대방을 배려하는 친절한 마음이 당신을 좋은 대화 상대로...
기억하게 해줄 것입니다.

Love — 인터뷰 대상을 사랑하세요. 다만 맹목적인 사랑은 곤란합니다...

Memory — 인터뷰어에게 필요한 것은 기록하고 저장해두는 습관입니다...

"기록자의 의무는 약자의 편에 서는 것이니까요."
지승호 작가의 《마음을 움직이는 인터뷰 특강》 중에서.

나는 누구를 대변하는 기록을 할 수 있을까?
내 기록이 약자의 편에 설 수 있을까?
내 기록을 되짚어보게 하는 말.

칼럼에서 만난 위로

① 인간은 원래 복잡하지요. 우울하면서 행복할수
있고, 실패하면서 배우수있고, 관계가 단절되면서
독립할수 있습니다. 아니어도 상관없지만요.
단단한 부정적 정체성을 손에 꼭 붙들고 이걸
어떻게 해결해야 하지 종종거리지 마세요.
당신은 아직 당신을 모릅니다.
　　　　　- 나도 아직 나는 모른다. 허지원 교수.

허지원 교수님의 칼럼을 읽고 바로 교수님의《나도 아직 나를 모른다》
를 주문했다. 물론, 지금도 나를 알아가는 과정을 걷고 있다.

생각의 변화를 낳는 글쓰기

생각의 변화를 만드는 글쓰기

1. 머릿속의 생각을 밖으로 꺼내 문장으로 쓴다
2. 문장을 다듬는다
3. 다듬어진 문장을 다시 읽고 생각의 변화를 만들기

[책이벤트] 읽고 싶은 글을 쓰는 방법 | 태재 작가, 스토리지 북앤필름 매니저 | 글쓰기 동기부여 | 세바시 1263회

조회수 7.5천회 · 14시간 전

글쓰기의 목적은 여러 가지가 있겠지만 '생각의 변화를 만드는 글쓰기'라는 말에 끌려서 기록한 영감들. 글쓰기가 '나라는 사람을 얼마나 많이 바꿀 수 있는지 한 번 더 느끼게 해준 태재 님의 〈세바시〉 강연. 나도 '역시'보다 '혹시'라는 글을 쓰고 싶고, 나의 편견과 선입견을 조금 다른 방향으로 다듬고 바꾸는 사람이 되고 싶다.

오키로북스의 포장 책임자

택배 포장은 티가 안 나는 일이자 엄청 티가 나는 일이다. 잘해도 티가 안 나지만 못하면 바로 티가 나니까. 중요한 일이지만 주목받지 못하는 아쉬운 업무. 서점 오키로북스@5kmbooks에서는 택배를 누가 포장했는지 스티커로 표시해서 배송해준다. 저 스티커를 일일이 모으고 싶게 만들 정도다. 서점의 정성과 수고로움이 받는 사람에겐 더더욱 사랑스럽게 느껴진다. 영리하면서도 위트 있고 진정성 넘치는 브랜드 커뮤니케이션 방식.

26년, 85개의 노트

26년간 같은 컴포지션노트로 85권을 써내려간 디자이너의 이야기를
읽었다. 지금 내가 써내려가는 것들이 하찮아 보여도 꾸준히 쌓이면 그
것은 전혀 다른 결과물이 된다. 작은 것들이 계속 모여 예술이 되듯이.
계속 쓰자. 그냥 써내려가는 것만이 지금 할 수 있는 일이라면.

평등이 반드시 옳은 건 아니니까

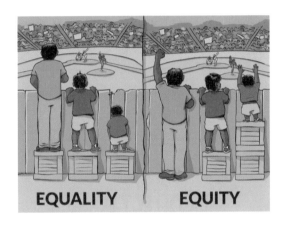

EQUALITY   EQUITY

Equality가 아니라 Equity. 평등과 공평. 진정한 공평함이 무엇인지 돌아보게 하는 그림이다.

기울어진 운동장을 평평하게 만드는 것은 우리가 놓지 말아야 할 일.

정의를 어떻게 내리느냐

명함집이라 부르지 않고 컬렉트북이라고 하면? 그냥 노트라 부르지 않고 트래블러노트라고 하면?

정의를 어떻게 내리느냐에 따라 쓰임새도 확장성도 달라진다. 덴스 Thence의 컬렉트북을 보면서 생각해본다.

명대사 담아두기!

1화
스타트업이 물에 빠졌다고 해서 소금물을 마셔야겠습니까. 아무리 갈증이 나도 바닷물을 마시면 안 되죠. 비가 올 때까지 버텨야 살아남죠. 창업 초기 단계에서 눈앞의 수익을 쫓는 건 바닷물을 마시겠단 소리죠.

네. 그니까요. 맨날 넘어지고 깨지고. 이 바닥이 콘크리트 바닥이 아니라 모래바닥이었으면 좋겠습니다.

2화
다른 사람의 의견이 너의 현실이 될 필요가 없다.

3화
지도 없는 항해를 떠나보는 것도 근사하겠다.

5화
후회는 선택하는 순간에 오지 않잖아요. 과정에서 오지. 난요, 내 선택을 단 한 번도 후회한 적이 없어요. 기를 쓰고 그렇게 만들었거든요.

책을 읽다가 좋은 문장을 하나라도 발견하면 '이 책은 이걸로 충분하다. 이 책의 할 일은 끝났다' 싶을 때가 있다. 나에게 〈스타트업〉이라는 드라마가 그렇다. 매회 마음을 울리는 대사가 나와서 곱씹고 곱씹게 된다. 이 드라마는 이미 나에겐 제 할 일을 다했다.

소비더머니

특히 존리는 "부자인 사람들은 투자를 하는 것을 즐긴다. 가난한 사람들은 가난해지면서 즐긴다. 소비의 즐거움을 느끼는 것이다"라고 말했다.

소비하고 싶을 때마다 봐두려고 기록해둔다.

존 리 선생님의 띵언.

어버이날의 샤넬 광고

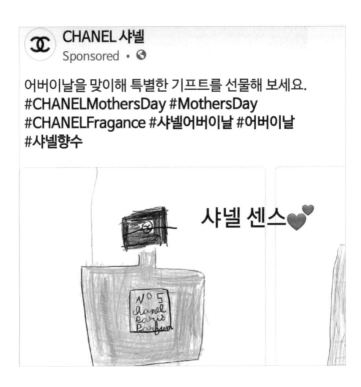

어버이날을 맞이해 어린이의 그림으로 그려낸 귀여운 샤넬 광고. 시의
적절한 크리에이티브라고 생각한다. 아이들은 샤넬을 그려서 선물해주
고, 어른들은 실제 제품을 사서 선물해주면 샤넬이 원하는 그림이 되
려나. (ㅋㅋ)

미세먼지 시대의 문학 큐레이션

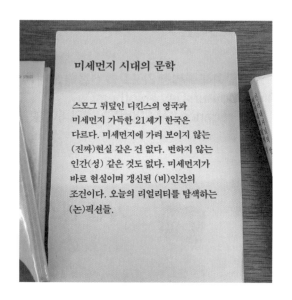

한남동 스틸북스에서 만난 미세먼지 시대의 문학 큐레이션. 미세먼지
가 바로 현실이라는 말로 오늘의 리얼리티를 탐색하는 (논)픽션들. 요
즘 우리가 살아가는 모습을 보면 논픽션과 픽션을 구분하는 것도 무
의미해 보인다.

프리랜서의 생존 노하우

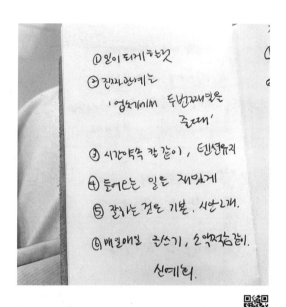

신예희 작가의 〈EO〉 인터뷰 영상 중에서 몇 가지를 기록하다. 프리랜서 22년 차 작가 신예희의 생존 노하우. 프리랜서만큼 자유와 책임을 동시에 느끼는 직업이 또 있을까? 기록하고 또 들여다보는 프리랜서의 일하는 방식.

365개의 이야기, 일력

연말이면 사게 되는 일력. 언제부턴가 일력이 사회적으로 열풍이더니, 이제는 당연하게 일력을 사게 된다. 일력의 가장 큰 매력은 365개의 이야기를 담을 수 있는 그릇이라는 점이다. 내가 일력을 만든다면 하루하루 어떤 메시지를 담을까? 각 브랜드에서 나오는 일력의 크리에이티브를 보는 것도 쏠쏠한 재미 중 하나다. 하루에 하나의 영감을 기록하는 영감노트와 비슷한 느낌이다.

과거의 기록이
지금의 나를 위로할 때

페이스북에 묻어둔 글이 7년 만에 타임캡슐처럼 튀어나왔다. 그냥 좋아서 담아두는 글이라도 시간이 지나면 꽤 쓸 만한 위로가 된다.

기준과 정의를 찾아보기

친구가 노트에 적은 기준들. 그중 가장 기억에 남는 문장.

"일은 사람을 위해 존재한다. 사람이 일을 위해 존재하는 게 아니다."

휩쓸리지 않으려면 스스로 각자의 방법을 정의해보는 시간이 필요하다. 그러면 조금씩 더 단단해지고 쉽게 흔들리지 않을 것이다.

톤28의 용기 있는 카피

"사소한 실천이 습관이 되고 작은 용기가 모여 세상을 바꿉니다."
톤28의 옥외광고에서 발견한 문장.

단어의 중의성을 통해 브랜드의 철학과 가치관을 잘 드러낸 옥외광고
라고 생각한다.

모든 곳에,
모든 사람들의 이야기가 있다

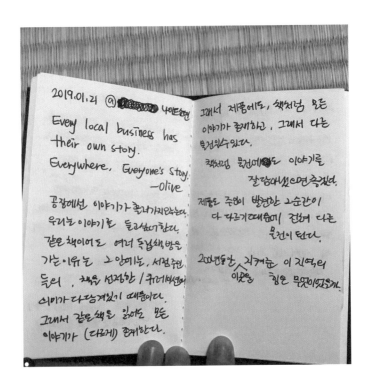

제품을 대량으로 만드는 공장과 수작업으로 만드는 곳의 차이는 단연 스토리와 사람. 주인이 손수 만드는 제품에는 하나하나 이야기가 담긴 다. 그래서 로컬 비즈니스, 스몰 비즈니스를 더 찾아보게 되는 것 같 다. Everywhere, Everyone's Story. 모든 곳에, 모든 사람들의 이야기가 있다.

종이에 담긴 마음

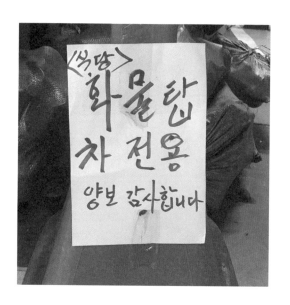

"양보 감사합니다."

한마디 썼을 뿐인데 양보를 주고받는 찐한 마음이 느껴지는 건 왜지.
경고문이 아니라 배려문이라 부르고 싶다. 나도 같은 말이라도 더욱
더 다정하게, 감사하게 쓰자.

식물집 카페 쿠폰 키우기

제주도 카페 '식물집'의 쿠폰 모으는 방법. 카페를 방문할 때마다 자신의 쿠폰 화분에 식물을 키울 수 있게 해주는 센스가 돋보인다. 문을 여는 순간부터 나가는 순간까지 경험의 디테일을 놓치지 않도록 해줘야 한다. 쿠폰에서도 센스를 발휘하는 카페라면 다른 것도 분명 좋을 것이다. 제주도에 가면 꼭 들러야지.

시간을 선물하는 모래시계

"흐르는 시간은 눈에 보이지 않지만 모래시계를 통한다면 볼 수 있습니다. 모래알들이 쌓이며 만드는 시간의 언덕을 관찰해보세요."
문구점 포인트오브뷰@pointofview.seoul 인스타그램에서.

포인트오브뷰가 모래시계를 이야기하는 방법. 보이지 않는 시간을 모래에 빗대어 '시간의 언덕'이라는 단어를 만들어냈다. 보이지 않는 것을 가치 있게 만들어준 카피. 모래시계를 선물하면서 마치 누군가에게 시간을 선물해주는 기분이 들게끔 말이다.

TMI가 아닌 진정성

부산 여행 중 발견한 TMI. 가게 곳곳에 적혀 있는 '굳이 하는 이야기'들이 좋았다. TMI를 알수록 그 브랜드에 빠져든다. 그래서 나는 식상하고 추상적으로 쓰기보다, 가급적 솔직하고 구체적으로 쓰고 싶다. 설령 내가 쓰는 단어들이 투박하고 촌스러울지라도 누군가에게는 더 가닿는 글이 될 수 있을 테니까. 잘 보이려고 쓰는 글들은 왠지 세련됐지만 다른 사람이 이미 한 이야기 같달까.

위트 있는 카피는 1타2피

인쇄 장인이자 어른에게 배우는

"안녕하세요! 장인어른."

을지로 지하철에서 만난 다시 세운 인쇄기술학교의 치명적인 카피. 동음이의어를 활용해 위트 있는 카피를 만들어냈다. 장인+어른에게 나도 배우러 가고 싶다.

존중하는 마음

우연히 받은 구글 직원의 점자 명함.

이 명함을 본 순간 느낄 수 있었다.

'아, 구글이라는 회사는 많은 이들을 존중하는구나.'

서로 위로가 되어봅시다

오늘의 단어

숭
숭
2019. 5. 2. 22:53

📊 통계

마케터가
인간 혐오에
빠지면
끝이
없어요.

우리,
서로의 위로가 되어봅시다.

'사람'들에게 관심과 애정을 쏟아야 하는 '마케터'.

일을 하다 보면 이 세상 사람들이 다 싫어질 때가 있다. 그럴 때마다 마케터들을 일으켜 세워주는 리더의 말을 생각한다. 그래, 인간 혐오에 빠지지 말자. 마케터들끼리 서로의 위로가 되어주자.

모이면 예술이 된다

존 레논 전시회에서. 한국의 한 비틀즈 팬이 소장하고 있던 비틀즈 앨범들이다. 이런 것들을 '사소한 것의 장엄함'이라 표현하는 걸까. 좋아하는 것이 모이면 취향이 되고, 시간이 축적되면 예술이 된다. 하찮아 보이는 물건도 모이고 쌓이면 멋진 작품이 되는 것처럼.

영감 기록, 전과 후

어느 날 갑자기 영감을 기록하기 전과 후 내가 어떻게 달라졌는지 생각해봤다.

우선 일상을 보는 눈이 확실히 달라졌다. 조금 흔한 표현일지 모르지만 영감이라는 '새로운 촉수'가 생겼다는 든든함도 느껴지고, 꾸준하게 쌓아가는 재미도 만만치 않다.

흥미로운 포인트는 영감이 늘어나는 만큼 '공유'도 더 잘하게 되었다는 거다. 마케터의 특성상 원래 공유하는 걸 좋아했지만, 공유에도 스킬이 있고 '국룰'이 있다면 한 단계 레벨 업이 된 느낌이랄까. 공유하는 방식에 따라 영감이 다르게 전해질 수 있다는 걸 알게 되면서 영감을 공유하는 방식도 조금씩 바꾸어보고 있다.

영감을 기록하면서 얻은 또 다른 소득은 '내가 진짜 좋아하는 것'이 무엇인지 좀 더 구체적으로 알게 되었다는 것이다. 어쩌면 이게 가장 큰 수확 아닐까? 꾸준함의 매력, 잘하는 것과 좋아하는 것을 계속 찾아다니고 표현하는 사람들, 글쓰기에 영감을 주는 문장들, 단어(특히 한글)의 매력을 살린 위트 있는 문장에 계속 눈이 간다. 마케터라는 직업과 연결 짓자면, 표현력이 탁월한 문장을 보면서 일의 영감으로 연결할 '꺼리'를 찾는 것도 즐겁다.

누군가를 위로해주는 글, 조용한 응원이 느껴지는 영감은 읽는 것만으로 마음에 힘이 된다. 가까운 사람들이 힘들어할 때 나라면 어떤 말을 해줄 수 있을지 생각해보기도 하고.

영감을 기록하면서 바뀐 또 하나는 내 삶을 반성할 수 있게 된 것이다. 잘못을 뉘우치거나 부족한 부분을 탓하는 반성이 아니라, 나와 다른 생각을 수용하려는 노력에 가까운 반성이다. 영감을 기록하기 전에는 나와 다른 생각을 하는 사람과 교류하는 시간이 의외로 적었다. 아침잠 많은 사람이 새벽에 움직이는 사람을 맞닥뜨릴 일이 별로 없는 것처럼, 우리는 자연스럽게 비슷한 사람들끼리 더 자주 만나고 더 많은 걸 나누니까.

하지만 영감을 기록한 후부터 내 주변의 모든 사람들이 영감으로 다가오기 시작했다. 나와 다른 생각에서 얻은 영감이 자극이나 반성의 촉매가 된다면, 지향하는 삶의 방향이나 가치관이 비슷한 사람들로부터는 힘을 얻는다. 비슷한 삶의 모양을 만들어가는 사람들이 추구하는 '가치'를 나의 '영감 리스트'에 슬쩍 올려놓기도 하고, 닮고 싶은 모습은 거침없이 따라 해본다. 이런 게 영감의 선한 영향력이겠지, 하면서.

요즘 내가 꽂혀 있는 영감은 '자신감'이다. 아무리 많이 들어도 질리지 않는 말. 결과와 상관없이 최선을 다했다는 사실을 자신 있게 보여주는 사람들, 남들의 평가보다 자신의 노력에 더 높은 점수를 주는 사람들을 보면서 자신을 얻는다. 어차피 모든 영감은 '자신감'에서 시작된다고!

읽은 책을 기억하는 기록

책을 읽었던 장소와 날짜를 책 밑면에 적어놓으신 민상 님. 그 시간을 기록하는 또 다른 방법 중 하나. 잘 보이지 않는 곳에 적어두는 기록이라 그런지 더 중요해 보인다.

마음을 말하는 단어

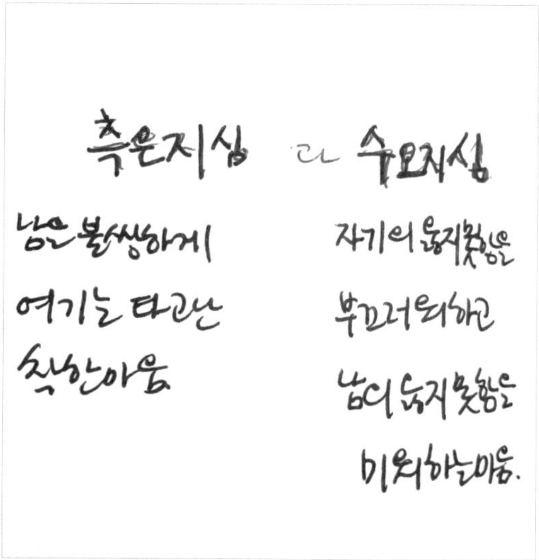

측은지심 과 수오지심

남을 불쌍하게
여기는 타고난
착한마음

자기의 옳지못함은
부끄러워하고
남의 옳지못함은
미워하는마음.

측은지심과 수오지심. 불쌍히 여기는 마음과 부끄러워하는 마음. 이 두 가지 마음만 잃지 않아도 잘 살아갈 수 있다. 인간이 사는 데 의외로 많은 마음이 필요하지 않다는 걸 맹자는 알았던 것 같다.

메뉴판인지 그림책인지

"커리랑 카레랑 뭐가 다른거람?"

고가빈커리하우스의 메뉴판은 그림책이다. 주문하려고 메뉴판을 펼쳤는데 "커리랑 카레랑 뭐가 다른 거람?"이라는 질문으로 스토리텔링을 시작한다. 자연히 메뉴를 시키려다, 브랜드가 깔아놓은 스토리에 몰입하게 된다. 메뉴판에도 얼마든지 우리의 이야기를 담을 수 있다. 식당에 와서 메뉴판을 안 보는 사람은 거의 없을 테니까.

그 사람 같은 글

 김은경실장님
글은 읽으면서 그 사람 같으면

 김은경실장님
잘 쓰는 거야 오전 12:34

"이 사람 글 잘 쓴다"라는 말은 곧 "이 사람답게 쓴다"라는 말. 글 잘 쓰는 게 별건가. 나답게 쓰면 되지. (말은 쉽다.) 나는 나답게 쓰고 있을까? 나에 대해 알아야 나답게 쓸 텐데.

안목을 키우는 법

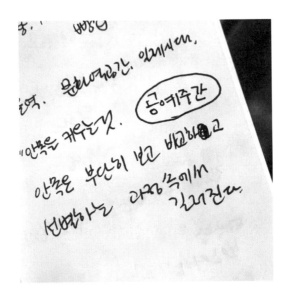

안목이야말로 개인이 가질 수 있는 가장 감각적인 역량 아닐까. 끊임없이 경험하고 공부하며 자신만의 관점을 키워나가다 보면 안목이 길러진다. 그리고 시간은 결코 배신하지 않는다.

신념을 전하는 문구

99

Colorful, stylish, and little things

can easily make your life happy.

아주 작고 아기자기한 몇가지 것들 만으로도
삶은 행복해 질 수 있습니다.

———————

등록순 ▼

브랜드를 서칭하거나 쇼핑을 하다 보면 의외로 기능이나 가격이 아닌
자신의 철학이나 신념, 가치관을 전하는 브랜드가 많다는 걸 알 수 있
다. 아주 작고 아기자기한 몇 가지만으로 삶이 행복해질 수 있다고 담
담하게 말하는 문구 브랜드의 사이트.

예민함은 아름다움을 찾는 능력

'전쟁을 싫어한다'라고 말하는 대신 '평화를 좋아한다'라고 말하는 그녀를 나는 더 좋아할 것이다. 농약투성이 채소나 너무 많은 육류 소비를 '싫어한다'고 말하는 대신 한 뙈기 텃밭에서 직접 기른 상추와 깻잎을 '좋아한다'고 말하는 그녀를. 실제로 그녀가 가장 건강하게 보였을 때는 부모님이 사는 고향에서 직접 농사 지은 햇땅콩 한 봉지를 들고 왔을 때이다. "거위털 패딩이 싫다."라고 말하는 대신 "손으로 뜨개질한 네팔산 스웨터가 좋다."라고 말하는 그녀를 나는 만나고 싶다. "억지로 하는 일이 싫어."라고 말하기보다는 "나는 가슴 뛰는 일이 좋아."라고 말하는 충만한 에너지를.

세상에는 두 종류의 사람이 있다. '나는 불행한 것이 싫어.'라고 말하는 사람과 '나는 행복한 것이 좋아.'라고 말하는 사람이. 예민한 사람일수록 싫어하는 것이 많다. 하지만 우리가 부여받은 예민함은 좋은 것, 아름다운 것, 위대한 것을 발견하는 능력이어야 한다. 자기 주위에 벽을 쌓는 쪽으로 그 재능이 쓰여선 안 된다.

여러 번 정독한 류시화 님의 페이스북 글. 세상에는 두 종류의 사람이 있다. "나는 불행한 것이 싫어"라고 말하는 사람과 "나는 행복한 것이 좋아"라고 말하는 사람. 시간이 흐를수록 나도 모르게 취향이 뾰족해지고, 좋아하는 것을 더 깊게 파고 있음을 깨닫는다. 그럴수록 예민함의 긍정적 에너지에 주목하려 노력한다. 주위에 높은 벽을 쌓는 것이 아니라, 좋은 것과 아름다움을 발견하는 예민함을 갖추려 한다. 내가 사랑하는 사람들이 읽고 다 함께 행복한 이야기를 더 많이 나누기를 바라며 기록.

호텔 아닌 호텔 같은 곳

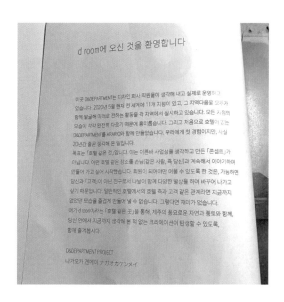

d room에 오신 것을 환영합니다

이곳 D&DEPARTMENT는 디자인 회사 직원들이 생각해 내고 실제로 운영하고
있습니다. 2020년 5월 현재 전 세계에 11개 지점이 있고, 그 지역다움을 모두가
함께 발굴해 미래로 전하는 활동들을 각 지역에서 실시하고 있습니다. 모든 지점의
모습이 각각 완전히 다르기 때문에 흥미롭습니다. 그리고 처음으로 호텔이 있는
D&DEPARTMENT를 ARARIO와 함께 만들었습니다. 우리에게 첫 경험이지만, 사실
20년간 쭉곧 생각해 온 일입니다.
목표는 「호텔 같은 곳」입니다. 이는 이른바 사업성을 생각하고 만든 「콘셉트」가
아닙니다. 어떤 호텔 같은 장소를 손님(같은 사람, 즉 당신)과 계속해서 이야기하며
만들어 가고 싶어 시작했습니다. 회원이 되어야만 머물 수 있도록 한 것은, 가능하면
당신과 「고객」이 아닌 친구로서 나날이 함께 다양한 발상을 하며 바꾸어 나가고
싶기 때문입니다. 일반적인 호텔에서의 호텔 측과 고객 같은 관계라면 지금까지
없었던 모습을 즐겁게 만들어 낼 수 없습니다. 그렇다면 재미가 없습니다.
여기 d room이라는 「호텔 같은 곳」을 통해, 제주의 풍요로운 자연과 풍토와 함께,
당신 안에서 지금까지 생각해 본 적 없는 크리에이션이 탄생할 수 있도록,
함께 즐겨봅시다.

D&DEPARTMENT PROJECT
나가오카 겐메이 ナガオカケンメイ

"목표는 '호텔 같은 곳'입니다."

디앤디파트먼트D&Department 제주 **d-room** 소개글에서. 아라리오와 디
앤디파트먼트가 함께 만든 **d-room**. 분명 호텔이지만 기존의 호텔 같
지 않은 곳을 만들고 싶었다는 나가오카 겐메이의 글.
고객이 아닌 친구 같은 느낌으로 관계를 맺고, 기존의 호텔에서 하던
서비스가 아니라 새로운 일상을 함께 발견해가는 장소를 만들고 싶었
다는 이야기로 들린다. 누군가 다 하고 있는 것이 아닌 한번쯤 해보고
싶은 로망에 비즈니스 감각을 입히면 멋진 기획이 된다.

Very Easy, Very Vogue

파리 방브마켓에서 사온 1980년대 보그 빈티지 패키지 'Very Easy Very Vogue'. 과거엔 보그에서 사람들이 옷을 직접 만들 수 있도록 스케치와 설명서까지 넣어준 것 같다. 이토록 아름다운 패키지라니, 언젠가 이 패키지를 마케팅에 써먹으려고 또 구입. 메이커스 시대에 필요한 인사이트 구매라 해본다.

시간이 증명해주는 디자인

코엑스에서 열린 리빙 트렌드 세미나. '롱 라이프 디자인'을 주제로 한 디앤디파트먼트의 나가오카 겐메이의 강연을 들었다. 좋은 디자인은 시간이 증명해주는 것이며, 유지되는 것이 좋은 디자인이다. 그러려면 디자이너는 기존의 것을 본인만의 혹은 새로운 관점으로 재발견, 재해석할 줄 알아야 한다. 디자이너의 역할은 새로운 것을 만들어내는 것 그 이상이다. 롱 라이프 디자인은 디자인의 기법이나 장르가 아니라, 롱 라이프를 추구하는 사람들의 요구에서 시작된 거라는 생각이다.

다른 '피드'에 살고 있다

오랜만에 홍대에 갔는데 사람들이 줄을 길게 서 있다. 아무리 봐도 무슨 행사인지 알 수가 없었다. 내 인스타그램 피드에는 한 번도 보이지 않았던 행사였다. 이렇게 우리는 각자의 세계에 살고 있다. 아니, 다른 피드에 살고 있는 건가? 내가 아는 것을 다른 사람은 모를 수 있고 그 사람이 아는 것을 내가 모를 수 있다. 이 세상엔 얼마나 많은 세계가 존재할까. '대중심리, 대중이 좋아하는 것, 트렌드'라는 표현은 진부하기 그지없다. 아니, 위험하다.

유튜브를 읽는 사람들

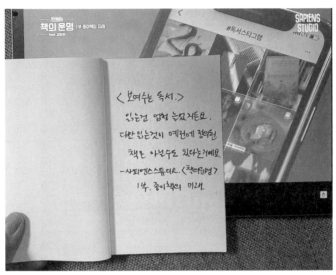

"다만 읽는 것이 예전에 정의된 책은 아닐 수도 있다는 거예요."
송길영 바이브컴퍼니 부사장님의 말.

사람들의 읽는 양은 줄지 않았다. 오히려 더 많이 읽고 있다. 종이책 독서는 줄었더라도 유튜브로 읽고 있다는 이야기다. 책의 경쟁 상대가 유튜브나 인스타그램이라면, 온라인에서도 꾸준히 사람들에게 읽힐 콘텐츠를 만들어야 한다면 나는 무엇을 이야기하고 만들 수 있을까. 일단 온라인에서 나의 영토를 만들어가는 것이 중요하다. 읽는 사람이자 발신하는 사람이 되어야 한다.

'게으름'의 또 다른 의미

"게으른 것이 아무것도 하지 않는다는 뜻은 아니다. 게으르다는 건 오히려 생산적일 필요 없이 나를 위한 시간을 갖는 것을 뜻한다."

10년 동안 한 번도 쉰 적 없던 나. 처음으로 백수가 된 후 발리를 여행할 때 리볼버커피에서 발견했던 문장이다. 스스로 백수의 삶을 선택하고도 게으른 시간을 보내는 죄책감에서 자유롭지 못할 때, 이 글을 읽고 위안을 받았다. 아무것도 하지 않는 것조차 나를 위한 시간임을 기억하자. 나는 지금 '스스로를 위한 시간'을 갖는 중이다.

음악이 우리에게 중요한 이유

정혜윤의 《퇴사는 여행》을 읽다가, 음악이 우리 인생에 결정적인 순간을 만들어준다는 생각이 들었다.

누군가에겐 음악이 인생에서 빠질 수 없고 #퇴사는여행
어떤 영화 주인공의 전환점이 되기도 하고 #월터의상상은현실이된다
그냥 듣는 것만으로 기분이 좋아지기도 하고 #권영훈 #고등래퍼3
우리 조카 인생에 힘이 되는 가사를 전해주기도 하고 #bts #슈가
어떤 길을 걸어가야 할지 방향을 알려주기도 하므로 It was GOD's WAY.

오늘도 아로새긴다

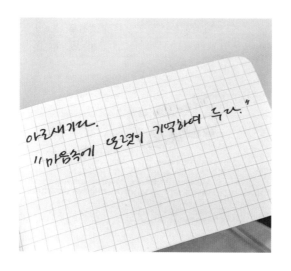

기억하고 싶은 오늘의 단어, 아로새기다.

아로새기는 일들이 더 많아지길.

아로새기는 사람들이 더 늘어나길.

아로새기는 순간들이 좀 더 생겨나길.

영감

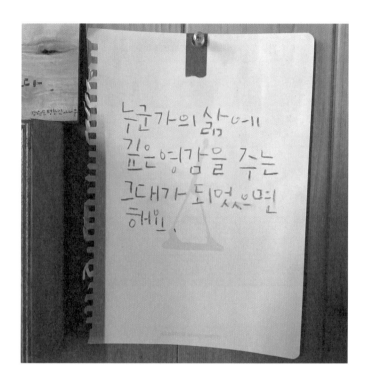

평창 '이화에 월백하고'에서 만난 영감의 응원.

공감하며 말을 건네보세요

이케아 광명에 갔다가 발견한 카피. '이케아 픽업/배송 서비스'라고 쓰는 대신 "가끔은 시간이 모자랄 때가 있으니까요"라고 쓰는 것은 한 끗 차이지만 전혀 다른 느낌이다. 공감을 담은 한마디야말로 최고의 카피. 나도 모르게 고개를 끄덕거리게 한 멘트였다. 나는 문어체의 문장보다 구어체의 문장에 더 끌리는 것 같다.

행복으로 정복하자

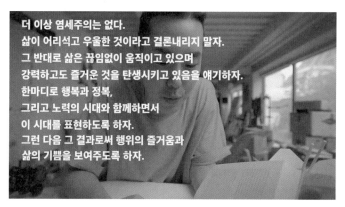

"삶은 끊임없이 움직이고 있으며 강력하고도 즐거운 것을 탄생시키고 있음을 얘기하자."

유튜브 〈런업〉에서 만난, 에밀 졸라의 《여인들의 행복 백화점》 중에서.

행복한 에너지로 사람들을 즐겁게 할 수 있는 것을

꾸준히 만들어나가는 일,

행위의 즐거움과 삶의 기쁨을 다 얻는 일!

약해질 줄 알아야

"약해질 줄 알아야 강해질 수 있어요." 윤진 님과의 대화 중에서.

읽을 때마다 다르게 들리는 말.
실패해봐야 다시 일어날 수 있어요.
내려놓아야 더 잘할 수 있어요.

지금 한없이 약해진다 해도 다시 강해질 수 있다는 믿음을 잃지 않기.
겨울 뒤엔 반드시 봄이 오니까.

만드는 사람은 말이죠

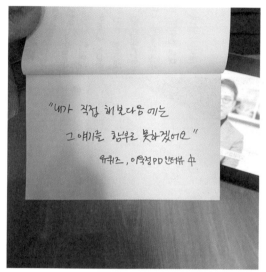

"내가 직접 해본 다음에는 그 얘기를 함부로 못하겠어요."
이욱정 PD, 〈유 퀴즈 온 더 블록〉에서.

나 역시 어디를 다녀왔을 때, 어떤 물건의 후기를 쓸 때 이왕이면 평가
하는 멘트는 하지 않으려 주의한다. 만드는 사람의 입장이 되어보면,
그 어떤 것도 쉽게 평가할 수 없으니까.

작은 네모 세계에선 내가 주인공

"노트 기록의 장점은 (나처럼) 글씨가 엉망이라도, 글을 잘 쓰지 못하더라도 작은 네모 세계에선 내가 주인공이라는 것." 장태완 님의 인스타그램에서.

노트에 기록하는 또 다른 의미. 다른 곳에서 모르겠지만 이 네모 세계에선 내가 주인공이다. 그러니, 이곳에서만큼은 마음껏 쓰자.

당신, (건)강해 보여요!

(건)강해 보여요!

'승희 님, 건강해 보여요!'라는 말이 오늘따라 더 에너지를 준다.

건강하다는 것은 강하다는 것.

이왕이면 몸도 마음도 건강하게.

펜이 아니어도 되니까

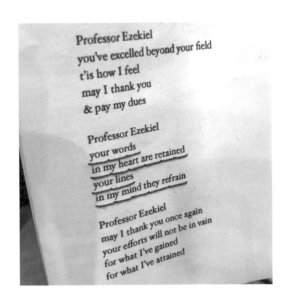

책에 있는 좋은 구절을 바느질로 밑줄 긋기.

차별화란 아주 작은 데서 시작되는 것. 싱가포르 서점 주인도 바느질로 줄을 친다. 내 마음속의 박음질~

얼른 빠져나오는 것

기>의 대사처럼 "우리가 구덩이에 빠졌을 때 우리가 해야 할 일은, 구덩이를 더 파는 것이 아니라 그곳에서 얼른 빠져 나오는 일"이다. 그걸 모르고 헛된 생명연장의 꿈을 꾸었던 것 같다. 담아둔 얘기는 좀더 시간이 지나야 할 수 있을 것 같다.

"구덩이에 빠졌을 때 우리가 해야 할 일은 구덩이를 더 파는 것이 아니라 그곳에서 얼른 빠져나오는 일이다." 영화 〈메기〉 중에서.

너무 힘든 시기에, 친구가 이 대사를 편지지에 써서 줬다. 내가 구덩이에서 얼른 빠져나오길 바라는 마음으로.
털어낼 줄 아는 것은 중요하다. 사적으로든 공적으로든.

가장 힘이 센 말

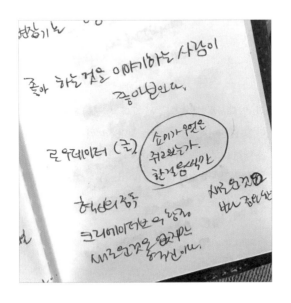

"좋아하는 것을 이야기하는 사람이 좋아 보인다."

좋아하는 것을 이야기해야 좋아하는 것을 할 수 있고,

좋아하는 것을 하다 보면 좋아하는 삶을 살게 된다.

나를 좋아할 수 있는 가장 좋은 방법 중 하나이기도.

나에게 친절한 사람

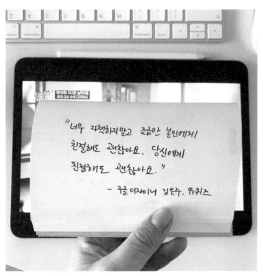

"너무 자책하지 말고 조금만 더 본인한테 친절해도 괜찮아요. 당신에게 친절해도 괜찮아요."

구글 디자이너 김은주, 〈유 퀴즈 온 더 블럭〉 중에서.

내게 친절했으면 하는 사람은? 바로 나 자신.

뭘 위해 살아야 하는 걸까?

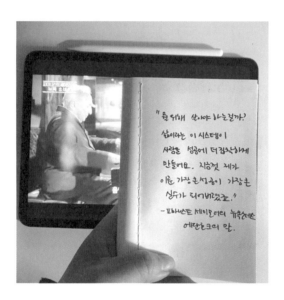

〈피아니스트 세이모어의 뉴욕 소네트〉 중에서. 배우 에단 호크가 감독을 맡은 다큐멘터리 형식의 영화다. 괴로운 와중에도 답을 찾아가는 에단 호크의 마음에 공감하며 본 영화.

"배우로 지내며 받은 스포트라이트가 진실성 없는 허상이란 걸 알고 있었죠." 그런 에단 호크에게 세이모어 번스타인은 그저 음악을 들려줄 뿐이다. 좋은 예술가가 되는 것과 부와 영예를 누리는 것은 무관하다는 거장의 조언에 괜히 뭉클해졌다. 우리는 뭘 위해 살아야 하는 걸까?

관성을 깰 수 있다면

블랙프라이데이에 많은 브랜드가 할인 경쟁을 하며 소비를 부추기는 것과 달리, 그날 하루 온라인 숍을 닫은 프라이탁. 사지 말고 원래 갖고 있던 프라이탁 가방을 다른 사람과 교환하라고 한다. 내가 쓰던 가방을 등록하고 다른 사람이 등록한 가방이 마음에 들면 서로 매칭해서 교환하면 끝. 늘 해야만 하는 것, 원래 그래야 하는 것은 없다. 관성처럼 하던 것을 멈추고 질문을 던져보는 것은 아름다운 행동. 그런 행동이 쌓이면 혁신이 된다!

결정적 순간, 지금 이 순간

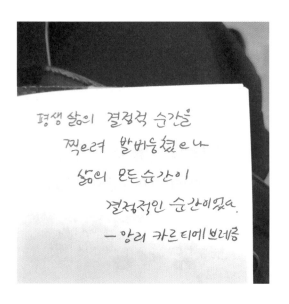

'결정적 순간'이라는 말로 유명한 사진가 앙리 카르티에 브레송.
사진가는 사진 한 장으로 사람들을 끌어들일 수 있어야 한다. 당연히
모든 순간을 결정적 순간으로 바라볼 수밖에 없을 듯.

생각의 지평을 넓히고 싶다면

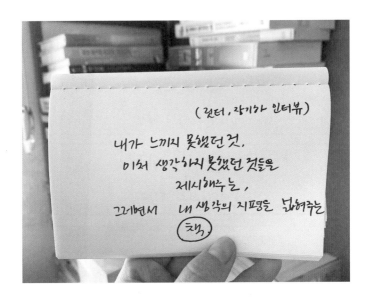

"당신이 좋아하는 책의 공통점은 무엇일까요?"
"내가 느끼지 못했던 것, 미처 생각하지 못했던 것들을 제시해주는,
그러면서 내 생각의 지평을 넓혀주는 책."
〈릿터〉 장기하 인터뷰 중에서.

글을 쓸 때마다 정신을 필라테스하는 기분이 든다. 안 쓰던 단어를 꺼
내는 건 안 쓰던 근육을 쓰는 것과 같다. 책은 내 생각의 지평을 넓혀
준다. 내가 미처 알지 못했던 것을 누군가가 '보이는 형태'로 만들어 건
네는 느낌이 책의 매력.

행복의 조건

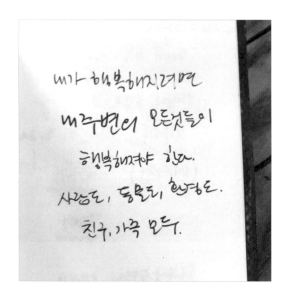

내가 행복해지려면 내 주변의 모든 것들이 행복해져야 한다. 사람도,
동물도, 환경도. 친구, 가족 모두. 그래서 나만 행복해지려 하지 말고,
내 주변 모두가 행복해질 수 있게 부지런히 노력해야 한다. 우리가 사
는 세상에서 나만 떼어놓고 생각할 수 없으니까. 마케팅도 브랜딩도
우리가 하는 일도, 세상을 더 행복하게 만드는 일이라 생각하면 아주
심플해진다.

그럼에도 불구하고

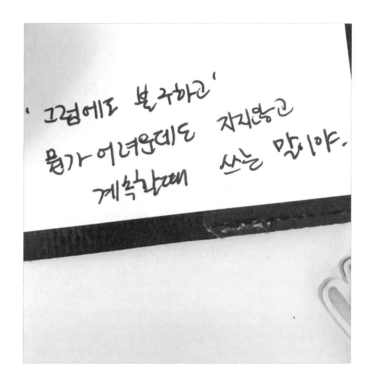

이슬아의 책《나는 울 때마다 엄마 얼굴이 된다》중에서.
내가 '그럼에도 불구하고'라는 말을 좋아하는 이유.
이기는 말은 아니지만 지지 않는 말.

'왜'라고 묻는 데서
모든 것이 시작된다

"계속해서 '왜'라고 묻는다면, 많은 것을 배울 수 있을 거예요. 어릴 때는 '왜'라는 질문을 수없이 하지만 나이가 들면서 우린 이미 많은 것을 알고 있다는 믿음 때문에 그만두고는 하죠."

'Why(왜)' _7p

조은의 《당신의 인생에서 가장 중요한 단어는 무엇인가요》 중에서.

내가 관찰을 하고, 무언가를 발견하고, 사소한 것에도 감동하는 이유는 '왜'라는 질문을 수없이 하기 때문이다. 내가 많은 것을 모른다고 생각하기 때문이다. 살다 보면 어리석은 행동도 하게 되고, 어리석은 생각도 곧잘 하지만, 어리석은 질문을 한 적은 없다. 애초 어리석은 질문이란 없다. 왜why라고 묻는 데서 모든 것이 시작된다.

잘할 수 있을까?보다
잘하고 싶다!

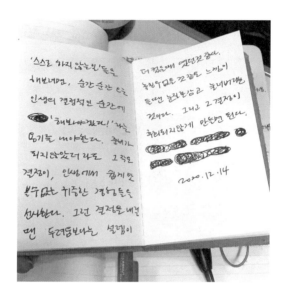

"준비가 되지 않았더라도 그 작은 결정이 인생에서 쉽게 맛볼 수 없는 귀중한 경험을 선사한다. 그 결정이 후회되지 않게 만들면 된다."

과거에 했던 결정이 오늘 나에게 귀중한 경험을 선사했다. 그 감동을 잊지 않고 싶어서 기록해본다. 앞으로도 '잘할 수 있을까?'보다 '잘해보고 싶다'는 마음이 클 때, 그 순간을 놓치지 않으려 한다.

생각의 줄다리기

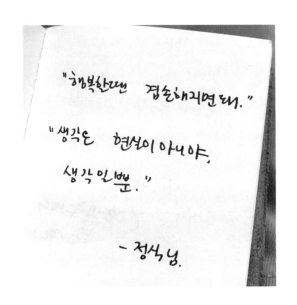

"행복할 땐 겸손해지면 돼."
"생각은 현실이 아니야, 생각일 뿐."

너무 들떠 있거나, 너무 앞서가려고 할 때,
지나치게 확신에 차 있을 때,
그러니까 한쪽으로 생각이 치우치려고 할 때,
나를 잡아주는 친구의 말.

유튜브의 인문학

유튜브의 인문학.

지금까지 유튜브를 미디어로 대했던 나에게, 유튜브를 **'다양성의 플랫폼'**으로 보는 게 어떻냐고 제안해준 구글 김태원 님의 강연. 유튜브에서 사람을 찾아보자고. 우리는 미디어를 소비하는 것이 아니라 다양성을 소비하고 있다고. 결국 인문학은 인간과 인간을 둘러싼 모든 것을 알아가는 학문이니까.

고요함의 또 다른 정의

넷플릭스 오리지널 〈빌어먹을 세상 따위〉에서 기억에 남은 대사. 눈에
띄어야, 나를 드러내야 유리한 세상을 살고 있지만 나를 잘 보여주는
방법은 다양하다. 크다고 해서 반드시 눈에 띄는 건 아닌 것처럼, 사
람들은 외형이 아니라 본질이 느껴지는 메시지에 반응한다. 고요함의
본질은 고요함이 주는 울림이고, 울림에서 만날 수 있는 나만의 생각
이다.

택시 기사님의 말

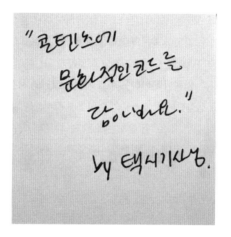

"콘텐츠에 문화적인 코드를 담아봐요."

동료와 '일'에 대한 이야기를 나누고 있을 때 택시기사님이 말씀하셨다.

콘텐츠에 문화적인 코드를 담아보기. 내가 만드는 콘텐츠에 시대적 맥락을 놓치지 말고 입혀보기. 택시기사님 덕분에 힌트를 얻는다.

내 인생의 감독은 나

감독이 남의 완성된 영화를 보면서 감상평 하는 시간이 더 많다면, 그 사람은 더 이상 감독이 아닌 관객이 되겠죠. 감독이 자신의 영화를 완성해나가려면 자신의 시나리오와 필름을 가지고 치열하게 고민해야 할 겁니다. 열음님의 번아웃이 그 치열한 고민의 시간이라고 생각됩니다. 스스로의 번아웃에 자부심을 가지고 더 힘껏 스스로를 돌보는데 온 에너지를 쏟으시길, 그리하여 어느 날 막혔던 시나리오의 다음 씬이 탁, 하고 떠오르게 되길. 진심으로 응원합니다.

"스스로의 번아웃에 자부심을 가지고 더 힘껏 스스로를 돌보는 데 온 에너지를 쏟으시길, 그리하여 어느 날 막혔던 시나리오의 다음 씬이 탁, 하고 떠오르게 되길. 진심으로 응원합니다."
밑미 뉴스레터 중에서.

번아웃에 자부심을 가지라는 말이 이렇게 위로가 될 수가 있나. 나 역시 동의한다. 번아웃과 매너리즘 그리고 슬럼프는 치열하게 사는 사람들에게만 온다는 것을. 우리는 모두 더 나은 시나리오를 써내려갈 수 있는 사람들이다.

연필에 담긴 낭만

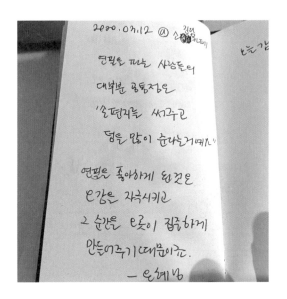

"연필을 파는 사람들의 공통점은 대부분 손편지를 써주고 덤을 많이 준다는 거예요." 은혜 님과의 대화 중에서.

빈티지 연필을 거래하고 온 은혜님이 연필을 파는 사람들은 낭만이 있다는 이야기를 해주었다. 손편지를 써주고 뭐라도 더 주고 싶어 하는 것 같다고. 어쩌면 연필을 파는 게 아니라 추억을 파는 사람들일지도 모르겠다. 그 사람이 무엇을 좋아하는지 보면 어떤 사람인지를 대략 짐작할 수 있다.

전자책보다 종이책을 좋아하는 사람, 마트보다 시장을 좋아하는 사람.

누군가의 창문으로 세상을 보는 일

코로나19 이후 나온 서비스 Window Swap. 'Open a new window someone in the world.' 무작위로 전세계의 창문을 볼 수 있는 곳이다. 당연한 이야기겠지만 사람들은 모두 다른 풍경을 보며 살아간다. 각자의 창문에선 뭐가 보일까? 오늘 나의 창문은 어땠을까? 언젠가 여행을 떠났던 그 마음으로 이곳에서 각자의 창문을 열어보시길. Traveling without moving!

시간의 힘이 존중받는 시대

"시간의 힘을 통해 얻은 것들이 존중받는 사회는 늘 부럽다."
유병욱 님의 인스타그램에서.

빠르게 변하는, 속도가 빠른 시대일수록 축적된 시간의 힘은 세다. 일
본여행을 간 지인의 인스타그램에서 본 사진과 글이다. 그만큼 포기하
지 않고 오래 꾸준히 해왔다는 증거니까. 우리 모두 시간의 힘을 믿고
존중하는 사회를 만들어가길.

모베러웍스의 위트

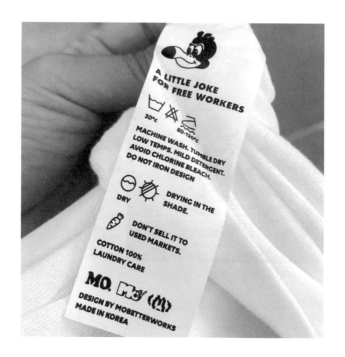

"DON'T SELL IT TO USED MARKETS."

당근마켓, 중고나라에 물건이 보이면 그 브랜드는 성공했다는 말이 있다. 그만큼 많이 팔렸다는 거니까. 그래도 브랜드 입장에선 팔지 않고 잘 쓰는 게 가장 좋다. 티셔츠 라벨을 활용해서 당근마켓에 팔지 말라는 모베러웍스의 위트가 엿보인다. 이제 티셔츠 라벨에도 브랜드의 메시지를 담을 수 있다. 마케터라면 브랜드 메시지를 또 어디에 담아낼 수 있을지 잘 살펴보자.

강물처럼 흘러가는 대로

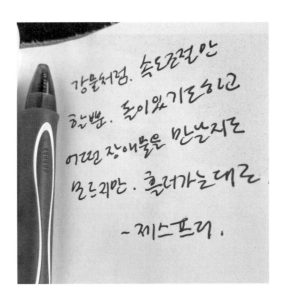

언어에 자주 꽂힌다. 단어와 문장이 중요하고 그 문장이 모여 표현되는 의도에 관심이 많다. 올바른 표현을 하고 싶고 올바른 언어를 쓰고 싶다. 쉽지는 않다. 언어에 예민하게 신경쓰는 만큼 누군가의 언어도 잘 들린다.

얼마전 제스프리의 대화에서. 예민하게 꽂혔던 문장은 **"인생은 강물처럼 흘려보내기."** 어떤 장애물을 만날지라도.

미래를 위해

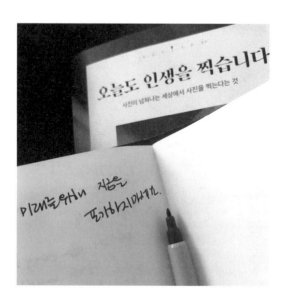

"미래를 위해 지금을 포기하지 마세요." 김명중 작가님의 북토크에서 받아 적은 말.

미래를 위해 지금을 포기할 때가 종종 있다. 건강, 돈, 행복 등등. 지금이 쌓여서 미래가 만들어진다고 생각하니 나의 지금을 자꾸 들여다보게 된다. 내가 나중에 찾아올 답을 알고 있는 기분이랄까. 지금을 더욱 소중히 여겨야 한다. 미래를 위해 '지금 이 순간'을 미루지 말자.

하나의 타이틀로
나를 규정하지 않기

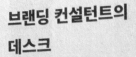

**브랜딩 컨설턴트의
데스크**

김재원은 스튜디오 제트지엠씨 ZgMc
대표로, 복합 문화 공간 자그마치
Zagmach와 카페 오르에르 Or.Er, 디자인
편집매장 더블유디에이치 W x D x H를
운영한다. "<u>하는 일이 많습니다. 저를 소개할
때도 상황에 맞는 직함을 사용하고요.</u>
과거에는 공간을 채울 수 있는 콘텐츠에

"하는 일이 많습니다. 저를 소개할 때도 상황에 맞는 직함을 사용하고요." 김재원 대표님의 소개 중에서.

더 이상 한 가지 타이틀로 본인을 정의하지 않아도 되는 이유.
나도 여러 개의 타이틀로 나를 소개하고 싶다. 이왕이면 내가 하는 일들이 쌓여 시너지를 낸다면 더더욱 좋을 것 같다.

왜 영감을 공유하냐고요?

다른 사람들의 시선으로 모아둔 영감을 보면 나도 좋은 영향을 받는다. 내 생각을 공개된 곳에 꺼내두고 무언가의 행위(글쓰기나 그림 그리기 또는 사진 찍기)를 한다는 것엔 큰 용기가 필요하다. 물론 성실함도 요하는 일이다. "이런 인스타그램 계정 있다! 나도 열심히 할 거다!"라고 크게 외치는 것이 모든 것의 시작 아닐까.

단어에서 배우는 인생

前人未踏 전인미답

[장단음] 전인ㅅ미 : 답 [주제별] 출중 숙어

前 앞 전/자를 전   人 사람 인   未 아닐 미   踏 밟을 답

「이전(以前) 사람이 아직 밟지 않았다」는 뜻으로, 지금까지 아무도 손을 대거나 발을 디딘 일이 없음

오늘의 단어, 전인미답.

나의 인생은 언제나 전인미답.

아무것도 안 해봐서 그래요

"웃디야, 왜 사람들은 인스타만 보고 우리 회사가 편해 보인다고, 내가
재밌게만 일한다고, 놀면서 편하게 일한다고 생각할까? 왜 사람들은
쇼핑몰 모델들이 다 해외로 놀러 나가서 좋겠다고, 카페하는 사람들
은 좋아하는 카페 일 하면 편하겠다고 쉽게 생각하고 그런 말을 뱉어
버릴까?"

답답한 마음에 물었더니 우문현답으로 이어진 동료의 멘트. 해본 사
람만이 할 수 있는 이야기.

"아무것도 안 해봐서 그래요."

차돌풍 가게에서 발견한 문장

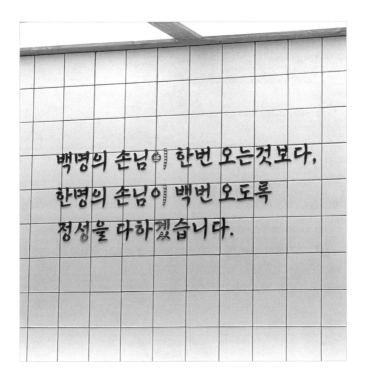

고기를 먹다 문득 벽에 붙은 문장을 보고 가게에 더 신뢰가 갔다. 차돌풍의 가치관과 태도를 엿볼 수 있었던 문장. 백 명의 손님이 한 번 오는 것보다, 한 명의 손님이 백 번 오도록 정성을 다하겠다는 진심이 느껴졌다. 무언가를 선언하는 것은 되도록 많은 사람들이 볼수록 좋다. 차돌풍처럼 널리 알려보기.

결정적인 순간이
꼭 극적일 필요는 없다

"비즈니스에서 수익을 찾는 건 열정적으로 몰입해 있는 사람이다."
"결정적인 순간이 꼭 극적일 필요는 없다."

유튜브 〈소비더머니〉 네이버 이야기를 보다가 인상적인 부분을 기록했다. 우리의 결정적인 순간이 극적이지는 않을지도 모른다. 평온해 보이는 지금이 어쩌면 결정적인 순간일지도?

글을 쓰는 이유

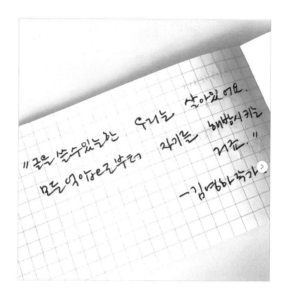

"글은 쓸수있는가 우리는 살아있어요.
모든 억압으로부터 작가는 해방시키는
거죠."

—김영하 작가

글쓰기는 확실히 힘들다. 잘 쓰고 싶은 마음을 버려도 힘들고, 남들과 다르게 쓰기도 힘들고, 어제의 나보다 잘 쓰는 것 또한 힘들다. 그럼에도 우리가 계속 쓰는 이유는, 더 이상 끌어안고 싶지 않은 묵은 감정을 털어버릴 수 있기 때문이다. 묻어두고 싶었던 상처를 떨쳐버릴 수 있기 때문이다. 작가의 말대로 우리는 쓰면서 스스로를 해방시킨다. 상처를 치유하기 위해 글을 쓰기 시작했다가 자신의 목소리를 내는 사람들이 생겨나는 것도 이 때문이다.

좋아하는 공간을 다닌다는 건

"좋아하는 공간을 다닌다는 건 좋아하는 사람을 많이 알게 되는 일 같아요."

아무리 멋진 공간이라도 공간을 기획한 사람의 의도가 느껴지지 않거나, 공간을 채우는 사람들이 없다면 계속 사랑받기 어렵지 않을까. 공간은 만들었다고 끝이 아니라 만든 순간부터 시작된다. 다양한 사람을 만나는 기분으로 새로운 공간을 수집하고 애정하는 곳을 찾아가야겠다.

시간을 재구성하는 사람

양희

시간을 재구성하는 사람. 방송과 영화┋
를 집필하고 있다. 지속가능한 창작을 ┋
사를 만들어 가족과 함께 다큐멘터리 직┋
부터 EBS 의학다큐멘터리 〈명의〉를 집┋
비구니 스님들의 이야기를 담은 〈길 우┋

서점에서 우연히 펼쳐보았는데 너무 좋아서 눈에 바로 들어온 내용이다. 《다큐하는 마음》에서 양희 님이 쓴 자기소개. '시간을 재구성하는 사람'이라는 표현이 근사하다. 나를 정의하는 것이야말로 오롯이 내 마음대로 할 수 있는 일. 나를 표현할 수 있는 문장이 더 많아졌으면 좋겠다. 많이 만들어내야지.

하나씩 하다 보면

"눈앞에 보이는 것들을 하나씩 하다 보면 방향이 생겨."

퇴사 후 내 인생에 비전이 없다고 느껴져 한동안 주변 사람들에게 '비전이 있어?' '너의 비전은 뭐야?'라고 묻고 다녔다. 친구들은 대개 당황하면서도 자신의 비전을 이야기했다. 그럼에도 내 안의 갈증은 여전했는데 인혁 오빠의 답을 들으며 조금 해소된 느낌이었다. 방향을 정하는 게 중요한 건 맞지만, 한번 정했다고 끝은 아니니까. 헤매고 주저하기보다 일단 할 수 있는 것부터 해보자. 그러면 나만의 비전이 생길 수 있다.

매일매일 항해하다 보면

절대 포기 금지.
매일매일을
항해하다 보면
결국 어딘가에
도착해 있을 겁니다.

교보문고 광화문점에서 본 문구.
2021년을 살아가는 여성들에게 건네는, 힘 있는 말,
아니 힘 있는 제안.

뒤따라오는 여성들을 위해

여성이라는 이유로 무수히 붙었던 '최초'라는 수식어. 한국 최초 여성 변호사 이태영 선생님의 작고 후인 2005년, 마침내 호주제가 폐지됐다. 선생님은 한국가정법률상담소를 세우고 여성에 대한 불평등과 인습에 맞서 싸운 여성운동가이기도 했다. 누구도 밟지 않은 '최초'의 길을 먼저 걷던 선생님은 뒤따라오는 수많은 여성들을 위해 생전 이런 말을 남겼다.

"여성들이여, 가다가 벽에 부딪히면 벽을 뚫어서라도 길을 내어라."

디즈니 프린세스,
나의 이야기

디즈니에서 하는 '디즈니 프린세스, 나의 이야기' 캠페인을 좋아한다. 이제 디즈니의 공주는 왕자를 기다리는 수동적인 여자가 아닌, 스스로 길을 개척해 '나의 이야기'를 만들어가는 여성들이다. 이 캠페인은 그러한 여성들에 대한 이야기를 담았다. 디즈니는 시대에 맞게 여성에 대한 관점을 계속해서 변화시켰다. 디즈니뿐 아니라 많은 미디어에서, 곳곳에서 주체적인 여성의 이야기가 많이 들렸으면 좋겠다. 세상의 모든 여성들이 '여자답게'가 아니라 '나답게' 살아갈 수 있기를.

목소리를 내자!

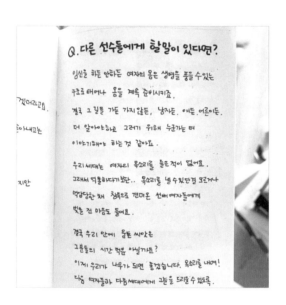

“결국 우리 안에 움튼 씨앗은 그분들의 시간 덕분 아닐까요? 이제 우리가 목소리를 내자!” 김유나의 〈순리와 마주치다〉 중에서.

출산휴가를 갔던 유나 님이 그사이에 만든 독립출판물. 임신을 스포츠에 비유하며 선수들에게 앞으로 이 경기를 뛰는 데 필요한 메시지를 전한다. 목소리를 내자. 목소리를 내는 이유가 결코 ‘나’만을 위해서가 아니라는 사실이 더 큰 깨달음이었다.

노키즈존에 대하여

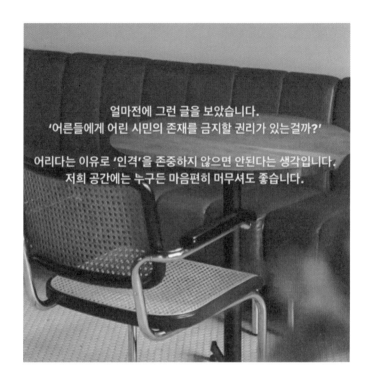

정승민 TRVR 대표님의 인스타스토리에서 보고 캡처.

Q&A에서 '노키즈존'에 대한 질문에 인상적인 대답을 해주셨다.

노키즈존에 대해 생각하기 전에, 우리가 어린이를 어떻게 바라보고 있는지, 어린이를 어른의 세계에 어느 정도 편입시키고 있는지 진지하게 생각해보기. 그리고 질문 하나 더. "어린이들은 어른을 어떻게 생각할까?"

내가 하는 게 정답이야

#뉴노멀워커 #두낫띵클럽 #김규림

규칙이 깨진 세상에서 일할 때 | 두낫띵클럽 김규림 인터뷰 |
밀레니얼 뉴노멀라이프 WORK ep.02

우리에게 늘 새로운 방향성을 제시하는 유튜브 〈요즘 것들의 사생활〉
에서. 겪어보지 않은 것들이 새로운 표준이 되는 세대, 뉴 노멀! 뉴 노
멀 김규림의 제안은 '정답 없음'이다. 이제는 그냥 내가 하는 게 다 정
답이 되는 시대다. 나를 믿자! 누군가의 룰이 아니라 나를 믿고 나만
의 규칙을 만들자!

장사의 신은 아니지만

언제나, 두 가지만 기억하자.

"오는 손님 반갑게, 가는 손님 즐겁게!"

마케팅할 때도 늘 기억해야 할 문장이다.

죽을 때까지 변화하고 싶어요

죽을 때까지 변화하는 건 인간에게 주어진 특권이다. 자발적으로 할 수 있는 일들 중에서 가장 쉽지만 어려운 일. 그래서 가치 있는 일. "죽을 때까지 변화하고 싶다"는 밀라논나 님의 말이 묵직한 울림을 준다.

스타벅스의 가치

수화로 소통할 수 있는 스타벅스가 말레이시아, 미국에 이어 일본에도 생겼다. 청각장애인들이 편하게 이용할 수 있을 뿐 아니라, 이런 공간이 생긴 덕분에 청각장애인들의 일자리가 창출된 것도 의미 있다. 스타벅스가 추구하는 가치 중 하나인 지속적인 '연결'을 보여주는 약속.

시간을 잘 쓰는 일

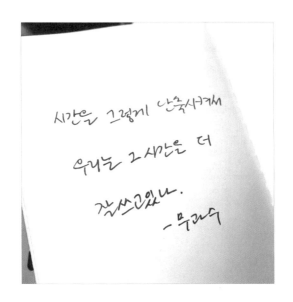

시간을 그렇게 단축시켜서
우리는 그 시간은 더
잘쓰고있나.
- 무과수

반짝배송, 새벽배송, 당일배송. 속도전. 우리는 무엇을 위해 빠른 속도를 택했을까. 우리가 무언가를 받아보는 시간은 점점 빨라지고, 브랜드는 그 단축된 시간으로 경쟁한다.

그렇게 얻은 시간을 우리는 잘 쓰고 있나? 나에게 오는 풍요로운 시간이 누군가의 희생으로 만들어진 것이 아니었으면 좋겠다. 시간을 잘 쓴다는 말은 내 시간을 잘 분배한다는 의미도 있지만, 다른 사람 덕분에 얻은 시간을 가치 있게 쓴다는 의미도 있으니까.

두 가지 자유

자유에 대해 생각하다 끄적끄적. 자유란 무엇인가. 하고 싶은 일을 하는 것보다 하기 싫은 일을 안 하는 것이 훨씬 어렵다. 어느 쪽이 더 맞는 일이라고 단언할 수는 없지만.

마케터가 될 수밖에 없는 이유

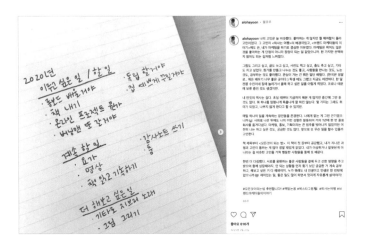

"마케팅은 적어도 많은 것을 좋아하는 게 단점이 아니라 장점이 되는 일 같았으니까." 정혜윤@alohayoon 님의 인스타그램에서.

하고 싶은 건 많은데, 좋아하는 건 너무 많은데, 사람들에게 알려주고 싶은 것도 많은데 뭘 해야 할지 모르겠다면 자신 있게 권하고 싶은 마케터라는 직업.

질문을 주고받는 콘텐츠,
인터뷰

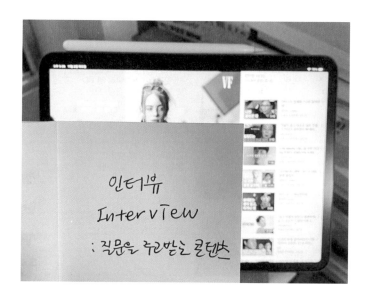

글이든 영상이든 인터뷰를 좋아한다. 미처 생각지 못했던 누군가의 이야기를 끌어내는 것이 인터뷰의 가장 큰 매력인 것 같다. 인터뷰를 보다 보면, 스스로에게 또는 누군가에게 계속 질문을 하는 것이 중요함을 알게 된다. 내가 좋아하는 인터뷰는 유튜브 〈영감노트〉에 모아둔다.

브랜드의 성장과정을 영상으로, MoTV

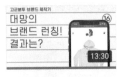

EP16. 대망의 브랜드 런칭! 결과는? 어리버리 첫 택배 포장. 의류 핏 설명. 오…
조회수 372회 · 3일 전

EP15. 온오프라인 편집샵 입점(feat. 29CM, 미드타운1991). 룩북 촬영. 웹…
조회수 717회 · 1주 전

EP14. 모베러웍스 의류 제작과정 대공개! 그러나 손가락 부상…
조회수 452회 · 2주 전

브랜드가 만들어지는 과정을 유튜브로 볼 수 있다. 이 얼마나 편리하고 멋진 세상인가. 한 브랜드의 탄생기를 방에 누워서 쉽게 볼 수 있다니. 우리 브랜드가 일하는 모습을 우리만의 방식으로 보여주는 것도 브랜딩.

100회도 99회처럼

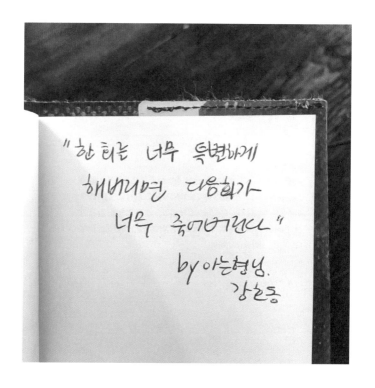

"100회 특집, 200회 특집을 너무 특별하게 만들면 101회, 201회가 너무 죽어버리잖아. 100회도 그냥 늘 똑같이, 한결같이, 꾸준하게!"
〈아는형님〉에서 강호동의 한마디.

100회 특집도 결국은 한 회일 뿐이니까. 한결같이, 꾸준하게 하는 것의 중요성.

모두들 잘 지내고 계신가요?

계정　　　　　　　　　　　　　완료

Slack
2일 전　　　　　　　　　　　열기

새로운 기능
• 모두들 잘지내고 계신가요? 잠은 충분히 주무시고 계시구요? 물은 충분히 마시고 계시죠? 야채도 빼먹지 않고 드시고 계신가요? 이번에는 특별한 대규모 업데이트가 없었습니다. 이참에, 자기 자신과 주변 사람들을 친절히 대해보시면 어떨까요? 이번에는 이게 다입니다. 사랑해요 여러분!

버전 21.07.20 · 208.4MB

마케팅 잘하는 회사의 커뮤니케이션이란 이런 것. 앱 업데이트 설명 문구에 '2.0 업데이트', '불편함 개선'이라고 기능적인 내용만 딱딱하게 적지 않고 사람들에게 말을 건네는 친구 같은 슬랙의 멘트.

제주도에서 만난 카페

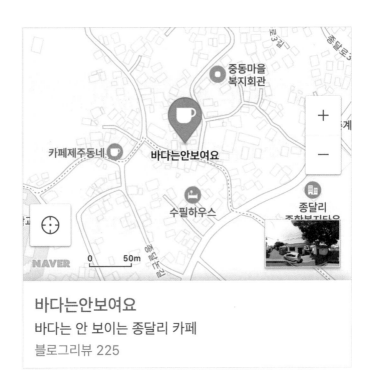

바다는안보여요

바다는 안 보이는 종달리 카페

블로그리뷰 225

제주도 여행 중 지도를 검색하다 발견한 웃픈 이름. 바다가 안 보여도 가보고 싶은 괜한 호기심이 생긴다. 카페에서 바다가 보이냐는 전화를 많이 받았던 것일까?

어느 블로그에서 발견한 제목

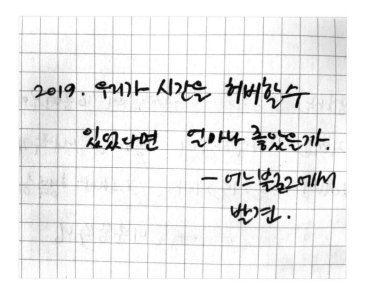

시간을 쪼개 쓴다. 시간을 착실하게 보낸다. 시간을 알차게 보낸다. 후회 없는 시간을 보낸다.

우리는 시간을 잘 쓰는 법에 대해서는 자주 이야기하지만 시간을 허비하는 것에 대해서는 특별히 말하지 않는다. 어느 블로그에서 '시간을 허비할 수 있었더라면'이라는 글귀를 보고 생각한다. 얼마나 더 많은 것을 상상하고, 불필요한 일들을 할 수 있었을지.

소설가의 메시지

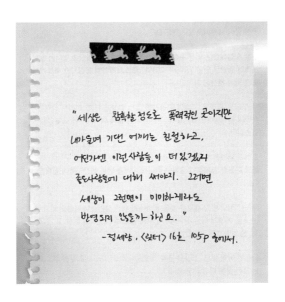

"세상은 참혹할 정도로 폭력적인 곳이지만
내 옆으로 기댄 어깨는 친절하고,
어딘가엔 이런 사람들이 더 있겠지
좋은 사람들에 대해 써야지. 그러면
세상이 그런면이 미미하게라도
반영되지 않을까 하는요. "
　　　　-정세랑, 〈럿터〉16호. 105p 중에서.

"어딘가에 이런 사람들이 더 있겠지. 좋은 사람들에 대해 써야지."
작가 정세랑이 〈유 퀴즈 온 더 블럭〉에서 한 말.

우리는 다들 각자의 메시지를 갖고 있다. 다만 어떤 형태와 방식으로
전하는지가 과거보다 더 중요해지고 있다. 책을 쓰는 사람은 책으로,
유튜브를 하는 사람은 유튜브로, 혼자가 아닌 여럿이서 메시지를 모
으는 사람들도 있다. 나는 어떻게 나의 메시지를 전할 것인가. 세상의
어떤 면을 바라볼 것인가.

메시지를 파는 시대

옷장 앞에 널브러져 있는 **YSTD**.

옷장에 걸려있는 낯선 옷이 아닌, 어제 입고 그대로 바닥에 벗어둔 낡은 옷에서 영감을 얻은 YSTD는 2019년 패스트패션의 중심지인 서울에서 보란 듯이 천천히 시작합니다.

"하루라는 시간 동안 수많은 공간을 겪는 일상을 위함" 이라는 정확한 목적하에 완성된 YSTD는 옷의 주인인 사람 곁에 더 자주, 더 오래 입을 수 있습니다.

그러기 위해선 옷의 목적에 맞는 소재를 늘 고민해야 하고 구식이어도 옳고 튼튼한 봉제를 고집하며 현실화 시켜줄 바른 생산자들이 필요합니다.

트렌드가 되어 갈 새로운 것을 알아내기 위한 고민보다 지금도 입고 있는 옷을 어떻게 하면 더 자주, 더 오래 입을 수 있을지에 대한 그 '옷의 가치' 를 높이고자 고민합니다.

당신의 어제 입은 그 낡은 옷을 왜 입었는지 여쭈어 보고 싶습니다. 우리는 그런 옷을 만들고 있습니다.

기능이 좋아서, 남들을 보고 제품을 사는 게 아니라, 이제는 브랜드가 전하는 메시지 때문에 제품을 사는 시대인 것 같다. 자신이 말하는 메시지와 철학을 꾸준히 보여주는 브랜드가 살아남을 것이다. 그게 진정한 크리에이티브일 것이고. YSTD라는 브랜드 메시지를 읽으면서 '어제 입은 옷'이라는 말이 좋아서 영감으로 기록했다. 내겐 언어가 정말 중요하다. 나는 어떤 언어를 만들어갈 수 있을까?

브랜딩은 결국 Life

i.am.editort · 팔로우

그런 그가, 브랜드 3부작 중 마지막 시리즈인 <브랜드 브랜딩 브랜디드>를 출간했다. 많고 많은, 뻔하고 뻔한 브랜드 관련 서적 중 브랜드를 애정하는 순수한 열정이 담긴 유일무이한 책이라고 감히 소개하고 싶다. '브랜딩이 별건가. 브랜딩은 결국은, LIFE. 한 사람의 브랜드는 결국은 어떤 인생을 살았느냐를 보여주는 것. 그럼 나는 어떤 인생을 살고 있는가&싶은가' 책장을 덮으며 들었던 생각.

좋아요 185개

2020년 7월 24일

"브랜딩은 LIFE, 브랜드는 결국은 어떤 인생을 살았느냐를 보여주는 것." 김태경 님의 인스타그램에서.

브랜드를 알리고, 브랜드를 뾰족하게 다듬고, 소비자로서 많은 브랜드를 즐기고, 오늘도 브랜드의 매력을 찾아다니는 마케터로서 말하자면, 좋은 브랜드는 인생을 잘 산 사람과 같다. 지금까지 살아온 혹은 살고 있는 모습을 그대로 보여주기만 해도 자연스럽게 눈길이 간다.

좋은 콘텐츠라는 운

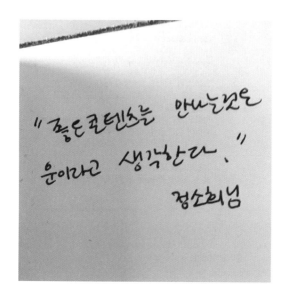

"좋은 콘텐츠는 만나는 것은 운이라고 생각한다."
정소희 님

"좋은 콘텐츠를 만나는 건 운이라 생각한다"는 소희 님의 이야기.

콘텐츠 홍수의 시대다. 그 사이에서 나에게 유용하고 좋은 콘텐츠를 만나는 것도 큰 행운이다. 결국 콘텐츠를 만드는 일은 그 운을 만들어 내는 일과 같을 것이다. 이제껏 나는 몇 번의 행운을 만난 것일까. 오늘은 어떤 좋은 운이 나를 찾아올까. 그런 콘텐츠를 만든 사람들은 몇 이었을까. 콘텐츠를 읽는 입장에서 이런 생각을 하다 보면 나 스스로도 콘텐츠를 좀 더 신중하게 정리하게 된다. 콘텐츠에 긍정적인 에너지를 불어넣는 것부터 시작해본다.

언제 와도
변함없이 나를 반겨주는 것

아이슬란드에 아끼는 사람들과 여행을 왔다. 나는 첫 번째였지만 아이슬란드에 두 번째 온 관승 님의 말이 잊히질 않는다. 언제 와도 변함없이 나를 반겨주고 받아주는 것은 자연뿐인 것 같다고. 그리고 그 감동을 느낄 수 있는 것은 여행이라고.

Bit of Iceland

아이슬란드에서는 빙하, 화산재, 옛날 우표와 동전 등을 작은 유리병에 담아서 판다. 유리병의 이름은 'Bit of Iceland'. 아이슬란드의 일부를 소유할 수 있다고 생각하니 낭만적이다. 광활한 자연을 품고 있는 아이슬란드이기에 이런 제품들이 더 의미 있는 것일지도 모르겠다.

오로라 노크 서비스

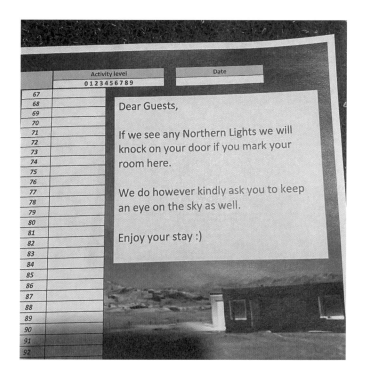

아이슬란드에서만 누릴 수 있는 호텔 서비스. 오로라가 보이면 노크를 해준다. 아이슬란드에 오니 이런 특별한 서비스도 받아본다. 자연현상을 호텔 서비스로 연계한 똑똑한 방법이라고 생각한다. 아이슬란드에서 오로라 노크 서비스를 받고 싶다면 포스호텔 누파르로 가자.

같은 곳, 다른 시선

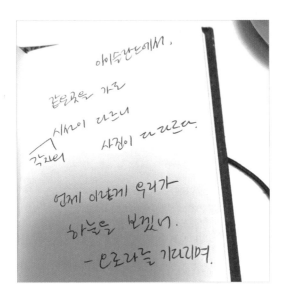

"같은 곳을 가도 각자의 시선이 다르니 사진이 다 다르다. 언제 이렇게 우리가 하늘을 보겠어."

아이슬란드에서 오로라를 기다리며 나눈 대화. 같은 하늘을 보며 우리는 다 다른 생각을 했겠지? 오로라를 기다리는 시간이 너무 황홀했기에 매 순간 만끽했다.

Old is the new

"오래된 것의 아름다움은 과거가 아니라 미래다. 오백 년 전을 본다
는 것은 오백 년 후를 내다볼 수 있게 하기 때문이다."
수필가 윤세영 님의 말.

터지는 콘텐츠의 비결

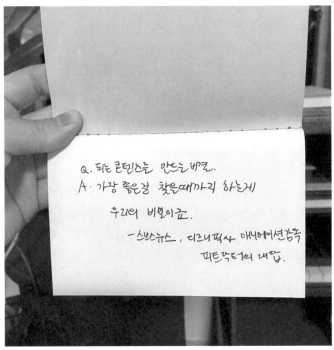

"가장 좋은 걸 찾을 때까지 하는 게 우리의 비밀이죠."

애니메이션 감독 피트 닥터의 명언.

되는 콘텐츠를 만드는 비밀은 바로 여기에 있다. 단순하다. 가장 좋은 걸 찾을 때까지 하는 것. 스스로 타협하지 않고 끝까지 파는 것. 단순해 보이지만 쉽지 않은 일. 끈기와 집요함이 필요하다.

진짜 내 것이 있는 사람

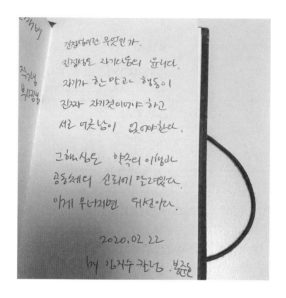

최근 몇 년간 진정성에 대한 대화가 끊이지 않는다. 진정성은 개인이나 기업에 반드시 필요한 화두가 되었다. 브랜드가 고객에게 한 약속, 자기가 한 말을 지키는 사람, 내가 좋아서 꾸준히 하는 행동, 요즘의 영감을 들여다봐도 진정성만큼 건강하고 힘이 센 것은 없다.

"**진정성의 핵심은 약속의 이행과 공동체의 신뢰에 달려 있다. 이게 무너지면 위선이다.**" 영화감독 봉준호의 한마디.

유튜브, 적극적인 기록

최근 몇 년 동안 유튜브만큼 직장인들에게 화제가 된 단어가 또 있을까? 유명인이나 할 법한 유튜브가 이제 자기계발의 필수템 혹은 투잡의 수단처럼 당연시되는 시대에 '영감과 유튜브'라니 왠지 덜 어울리는 것 같지만 '콘텐츠 생산과 소비'라는 관점에서 봐도 유튜브를 챙겨 볼 이유는 충분하다.

무엇보다 유튜브는 가장 적극적인 기록이다. 생산자가 부지런히 콘텐츠를 만들어 올려야 하니까. 운영자가 개인이든 기업이든 유튜브는 '이야기'를 풀어내기에 가장 적합한 채널이고, 평등하게 평가된다는 점도 매력적이다. 방송국에서 내로라하는 프로그램을 만들어온 전문가가 만든 콘텐츠든 일반인이 올리는 콘텐츠든 '좋아요' 앞에서는 평등한 대접을 받는다. 콘텐츠 선수들이 모여 있는 곳이기에 유튜브에서 인정받는 콘텐츠는 쩐(!)에 가까운 영감을 줄 가능성도 높으니 놓칠 이유가 없다. 물론 인지도 높은 유명인이나 연예인들이 채널의 구독자 수를 늘리는 데는 조금 더 유리할 수 있겠지만, 인기가 많다고 반드시 콘텐츠까지 터지는 건 아니다. 구독자들의 알고리즘과 그 시대의 트렌드를 읽고 어떤 타이밍에 자기만의 방식으로 콘텐츠를 전달하는가가 '떡상'을 결정하는 포인트다. 운도 무시할 수는 없고!

내 경우 페이스북이나 인스타그램처럼 습관적으로 유튜브를 보는 편인데, 특정 주제를 검색해서 보거나 랜덤으로 뜨는 채널을 보거나 관심사를 찾아서 관련 채널을 구독한다. 내가 즐겨보는 채널은 〈소비더머니〉나 〈달빛부부〉, 〈조승연의 탐구생활〉, 〈왈도WLDO〉처럼 시간과 수고를 들여 알아가야 하는 주제를 자기만의 관점으로 정리해주는 것들이다. 그 사람의 시선과 내 생각을 비교해보기에도 좋고, 팩트 위주로 풀어내는 콘텐츠는 공부의 재료로 삼기에 좋다. 운전하거나 집에 있을 때 라디오나 팟캐스트를 듣는 느낌으로 틀어도 딱이다.

그런데 내가 직접 해보니 유튜브는 시간 싸움이었다. 유튜브 채널 운영을 본업으로 하지 않는 다음에야, 영상을 만들어 업로드하는 데 상당한 노력이 필요했다. 하루에 쓸 수 있는 시간의 총량이 정해져 있으니, 우선순위를 유튜브 채널 운영에 쓸 거냐 묻는다면 내 대답은 'No'였다. 하지만 분명 운영을 해볼 필요는 있다. 생산자가 아닌 소비자로서 '기획의 감'을 잃고 싶지 않다면 시간이 걸려도 직접 만들어보는 건 중요하기 때문이다.

그동안 나는 영상 여섯 편 정도를 만들어 올렸는데, 직접 해보니 그전에는 별다른 감흥 없이 보던 영상들도 전혀 다르게 다가왔다. 제작자가 얼마나 꼼꼼히 조사를 했는지, 어떤 방식으로 편집했는지, 말하는 사람의 의도가 어디에 있는지 파악하면서, 나름의 기획력을 키워가는 재미도 붙었다.

기획력 이야기가 나왔으니 말인데, 기획력의 포인트는 관점의 전환 아닐까? 영감을 수집하다 보면 아무래도 사진이나 텍스트에 치우치기 쉬운데, 나는 그 아쉬움을 채워주는 게 유튜브라 생각한다. 같은 내용도 영상으로 보면 또 다르게 다가오니까. 영감을 어떻게 콘텐츠로 기획하고 전달할지 고민하며, 나는 오늘도 유튜브로 영감을 찾으러 떠난다.

미디어는 메시지다

The medium is the message

"미디어는 메세지다"라는 말이 있음

#마케팅 #졸업 #앨범

졸업 앨범을 활용한 천재적 마케팅

"미디어는 메시지다." 유튜브 〈왈도〉 영상을 보다 나온 마셜 맥루언의 명언.

같은 내용을 다루더라도 미디어마다 그 뜻이 다르게 읽힌다. 콘텐츠 못지않게 콘텍스트, 맥락이 중요한 시대다. 마케터라면 다양한 콘텐츠만큼 다양한 미디어도 접해봐야 한다. 미디어에 맞는 맥락을 파악해야 할 테니까.

좋은 브랜드가 가진 세 가지

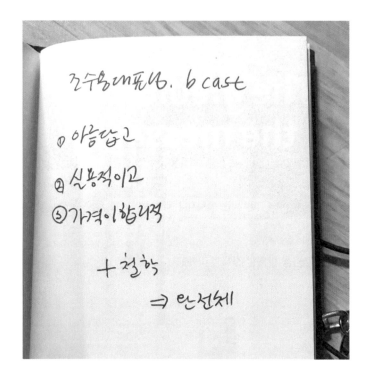

매거진 〈B〉의 팟캐스트인 B cast를 듣다가 메모했다.

좋은 브랜드라면 세 가지를 가지고 있어야 한다.

아름답고, 실용적이고, 합리적인 가격.

그리고 철학까지 갖췄다면 완전체.

측정할 수 없으면 개선할 수 없다

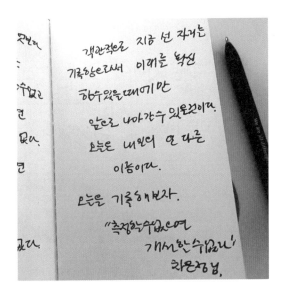

"측정할 수 없으면 관리할 수 없고, 관리할 수 없으면 개선할 수 없다If you can't measure it, you can't manage it."

경영의 대가 피터 드러커의 명언. 무언가를 개선하려면 자기만의 측정 값을 가져야 한다는 뜻으로도 읽힌다. 매일 하는 기록으로 나만의 측 정값을 만들어가기.

창의성이란

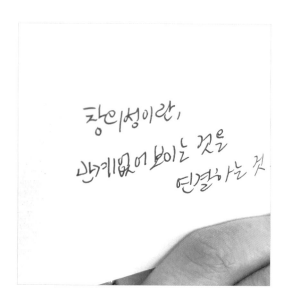

이제는 수영이나 운전면허처럼 개인이 갖춰야 할 디폴트 역량으로 창의성이 언급되는 시대. 창의성이란 관계 없어 보이는 것을 연결하는 데서 시작된다. 완전히 새로운 것은 없다는 차원에서도 맞는 말이지만 디지털 시대에 다양한 것을 연결하고 맥락을 붙이는 능력이야말로 개인에게 필요한 창의성이니까.

각자의 워라밸을 찾아서

Q 모든 직장인의 관심사는 '워라밸'이다. 워라밸을 위해 노력하는 것이 있나.

보통 9시에 출근해서 6시에 칼퇴근하고 그 후의 삶을 즐기는 것을 워라밸이라고 하는데, 이건 내가 생각하는 워라밸과는 다르다. 회사 안에서와 밖에서의 내가 다르지 않기 때문이다. 내 워라밸은 하루 단위가 아니라 생의 전체 단위로 따진다. 내 인생에서 지금 이 시기는 일하기에 최적의 조건이다. 부양할 사람도 없고 체력도 좋고 머리도 잘 돌아간다. 그래서 지금 내 1순위는 일이다. 놀면서 일하고 일하면서 논다. 또 시간이 흐르면 일보다 중요한 것들이 생기겠지. 그때는 또 다른 라이프스타일을 추구하게 될 테고.

"내 워라밸은 하루 단위가 아니라 생의 전체 단위로 따진다."

동료이자 친구인 세영의 〈싱글즈〉 인터뷰에서 인상적이었던 대목. 하루가 아닌 생의 전체 단위로 워라밸을 따진다고 한다. 재테크도 종잣돈을 모으거나 투자를 하는 시기가 따로 있는 것처럼, 사람도 일에 몰입하는 시기가 따로 있다고 생각한다. 몇 년 전부터 워라밸을 지켜야 한다는 말은 많이 나오는데 그 워라밸을 거시적 관점에서 어떻게 만들어야 하는지는 덜 논의되는 것 같다. 워라밸을 하루 단위로 보고, 야근하지 않고 6시에 퇴근하는 게 '워라밸을 지키는 삶'이라 생각해서는 아닐까. 생의 전체 단위에서 지금은 어떤 것에 집중해야 하는 시기인지, 밸런스를 어떻게 맞춰나가면 좋을지 계속 생각해보자.

좋은 리더는 결국
좋은 스토리텔러

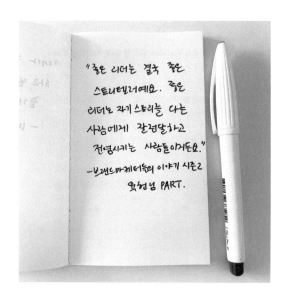

"전문성보단 탁월함, 그리고 스토리텔링의 중요성." 퍼블리 '브랜드 마케터들의 이야기 시즌 2'를 함께한 이육헌 님의 말.

그러고 보니 내가 훌륭하다고 여겼던 리더들 모두 뛰어난 스토리텔러였다. 자신의 생각을 위화감 없이 설득하고 고객의 마음을 사로잡을 줄 아는 역량을 갖춘 사람, 좋은 리더는 결국 좋은 스토리텔러다.

살아남는 브랜드를 만드는 일

에어비앤비에서 6년 동안 일했던 손하빈 님이 퇴사하면서 정리한 글.

1. 시도를 두려워하지 않는 조직에서 직원이 성장할 수 있다.

2. 코어 밸류는 실천이 될 때 의미가 있다.

3. 회사의 성장에 따라 다른 인재가 들어온다.

4. 참여를 일으키려면 마음을 건드려야 한다.

5. 방심하면 사일로 조직이 된다. (*사일로 효과 : 팀 이기주의)

6. 채용의 실패 = 조직의 실패

7. 브랜드 마케팅에서 가장 중요한 것은 지속성과 일관성

8. 회사가, 조직이 커질수록 아첨꾼은 살아남고 참모는 스스로 떠난다.

9. 자존감을 높여주는 회사에 다녀야 하는 이유

10. 비즈니스는 결국 생존이다.

협업을 이끄는 평가

'실적 00% 판매 달성', '00% 성과 초과 달성' 등과 같은 수치 위주 평가는 서술형으로 바뀌었다. A 씨는 "업무 성과의 배경 즉, 내가 다른 사람을 어떻게 도왔는지, 또 다른 사람의 성과를 내가 어떻게 활용해서 더 큰 영향력을 만들었는지를 자세하게 기술해 주변 동료와의 불필요한 경쟁을 줄였다"고 설명했다. 평가에서 자신의 성과뿐만 아니라 동료의 성공에 얼마나 기여했는지가 척도가 되기 때문이다. 오히려 평가 방식이 팀제 근무에 기폭제 역할을 한 셈이다.

〈포브스〉 한국어판 기사 중에서.

일을 할 때 자신의 성과뿐 아니라 동료의 성과에 얼마나 기여했는지도 정말 중요하다. 눈에 보이는 실적이나 수치상의 평가도 중요하지만, 그 성과를 어떻게 이루었는지, 성과를 내는 과정에서 얼마나 잘 협업했는지, 동료의 성공에 얼마나 기여했는지를 평가하는 것은 건강한 조직에 꼭 필요하다고 생각한다. 사실 평가가 아니라 마음에 새겨야 할 기본 자세에 가까워 보인다.

비즈니스와 비틀즈

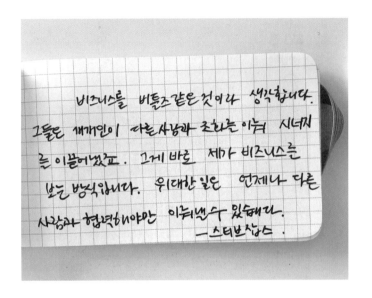

비즈니스를 비틀즈같은 것이라 생각합니다. 그들은 개개인이 다른사람과 조화를 이뤄 시너지를 이끌어냈죠. 그게 바로 제가 비즈니스를 보는 방식입니다. 위대한 일은 언제나 다른 사람과 협력해야만 이뤄낼수 있돼다.
— 스티브잡스.

스티브 잡스는 그가 남긴 히트 제품만큼이나 많은 명언을 남겼다.
"비즈니스를 비틀즈 같은 것이라 생각합니다."
이 말은 협업과 시너지에 관한 내용이라 유독 기억에 남았다.
독단적인 리더로 알려진 스티브 잡스지만, 다른 사람과의 협력을 중요하게 여긴 것도 인상적인 포인트. 그러고 보니 잡스에게는 소울 메이트 같은 디자이너, 조너선 아이브가 있었다.

가성비에서 브랜딩으로

과거의 오늘
3년 전

이승희
2018년 1월 15일 · 🌐

소비자의 선택은 가성비에서 시작하지만 브랜딩으로 끝난다.
By 신병철 박사님

가격 대비 좋은 것, 이만하면 충분한 것, 써보니 좋은 것, 가격도 착하고 품질도 좋은 것들이 우리 주변엔 너무 많지만, 결국은 한마디로 귀결된다. "그래서 내가 이 브랜드를 좋아할 수 있나?"

특별한 이유 없이 좋은 사람, 이유가 있어서 좋은 사람, 가치관이 같아서 좋은 사람, 어떤 이유로든 곁에 두고 싶은 사람이 생기는 것처럼 마음을 빼앗기는 브랜드도 생긴다. 그래서 가성비에서 시작해도 결국엔 브랜딩인가 보다.

나를 좋아하는 사람에게
이야기하세요

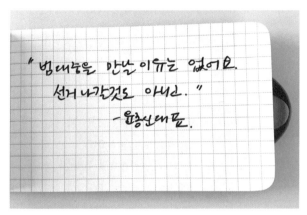

콘텐츠를 만드는 사람으로서 퍼블리가 발행한 윤종신의 인터뷰를 보다가 너무 공감한 부분이 있었다.

"대통령이나 국회의원은 대다수 지지를 받아야 하잖아요. 하지만 저는 적정 취향을 가진 사람들을 겨냥해 콘텐츠 내지 멘트를 던지면 돼요. 요즘은 최소한의 마케팅 비용으로 플랫폼에서 나를 좋아해줄 사람들과 내가 콘텐츠를 직거래하는 시대예요. 그런 일의 규모를 키우는 게 중요하다고 봐요."

브랜드가 추구하는 메시지를 자신의 타깃에게 더욱더 뾰족하게 전하고 나를 좋아하는 사람과 더 잘 통하면 되는 시대다. 모두에게 잘 보일 필요가 없다. 그게 요즘 시대에 더 잘 맞는, 영리한 마케팅 방법이기도 하고.

과감하게 틀려도 괜찮아

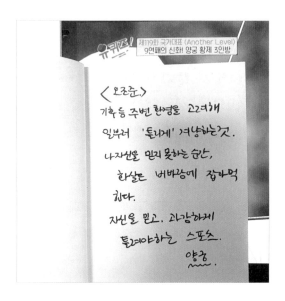

과감하게 틀려야 하는 자신감. 양궁의 '오조준'.

친구들과 실패에 대한 이야기를 나눴다. 완벽하게 하는 것도 중요하지만, 실패를 예견하면서 도전하고 실행하는 것도 중요하다. 실패하는 데에도 큰 용기가 필요하니까. 하나를 붙잡고 완벽해지려고 끙끙대는 삶보단 나 자신을 믿고, 도전하고, 실패하고 또 도전하는 삶을 택하고 싶다. 그게 더 나를 위한 길인 것 같아서.

타이밍보다는 타임

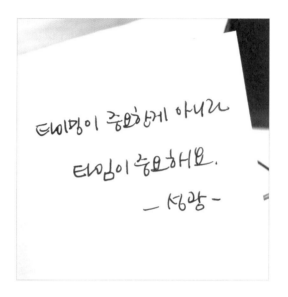

모든 일은 타이밍이 중요하다고 하지만 어떨 때는 타이밍을 맞추려고 하기보다 그 시간을 누리고 싶다. 그렇게 시간을 보내는 동안 내게 맞는 타이밍도 찾을 수 있을 테고. (주식도 타이밍보다 타임일 수도…)

같이 즐기고 싶다

"내가 누군가에게 조언을 하고 싶지는 않다. 같이 즐기고 싶다."

〈W 코리아〉 이상순 인터뷰 중에서.

사전에서 조언의 의미를 찾아보면 "말로 도우거나 깨우쳐주어서 도움" 이라고 나와 있다. 말로 돕지 않아도, 깨우쳐주지 않아도 상대방을 도울 수 있는 방법은 같이 즐기는 거다. 누군가에게 조언해주고 싶을 때, "같이 즐겨봅시다!"라고 말을 걸어볼 것.

생각의 발판, 브랜드

"많은 마케터들은 브랜드가 사람들이 맹목적으로 추종하는 '**목적지(Destination)**'가 되어야 한다고 말합니다.

하지만 틀렸습니다.

앞으로 브랜드의 성패는 사람들에게 새로운 삶의 방식을 생각해 보고 시작해 볼 수 있는 발판, 즉 '**출발지(Springboard)**'의 역할에 달려있습니다."

Daniel Dumoulin, CEO of Sundance

《Brand Fandom Insight》. 제일기획에서 나온 브랜드에 관한 책인데 재미있게 읽었다. 사람들이 추종하는 브랜드가 아니라 사람들에게 삶의 방식, 가치를 제안할 수 있는 브랜드를 만들고 싶다는 생각이 든다. 팬덤은 일방적인 것이 아니니까.

결국,
브랜드가 희망이 되어달라는 것

"결국, 브랜드가 희망이 되어달라는 것."

우아한형제들 장인성 님의 인스타그램에서.

과거에 브랜드가 "우리는 이런 사람이야"라고 스스로를 소개했다면 지금은 "이런 사람이 되어주세요"라는 고객의 요구를 받아들이는 추세다.

내가 해야 하는 것

 이승희
2017년 1월 26일 · 👥

똑같은 규칙 안에서,
매일매일 숙련을 통해,
그 분야를 혁신시킨 스포츠 선수들의
이야기가 담겨지는 곳으로-

"똑같은 규칙 안에서 매일매일 숙련을 통해 그 분야를 혁신시키는 것."

스포츠 선수들의 태도에서 배운다. 분야는 다르지만 꾸준히 같은 목소리를 전해야 하는 브랜드 마케터에게 가장 필요한 태도 아닐까.

사유하지 않는 감각은 행위일 뿐

적용했느냐다. 그것이 성공의 요소다.

내공이 있으면 적용하는 방식이 달라진다. 디테일
볼 줄 아는 세밀한 감각, 그 감각을 현실적인 아이디어
내는 집요한 사유가 그 사람의 내공을 결정한다.

경험을 앞서는 아이디어는 실행이 어렵고,
사유하지 않는 감각은 행위일 뿐이다.

이것을 한마디로 표현하자면 성실성인 것 같다. 감
이라면 성실하지 않아도 된다는 편견이 있는데, 감

"경험을 앞서는 아이디어는 실행이 어렵고 사유하지 않는 감각은 행위일 뿐이다." 노희영 님의 책 《노희영의 브랜딩 법칙》 중에서.

감각에 대한 대목은 나올 때마다 눈여겨보게 되는데, 감각적이기만 한 사람은 결코 크리에이티브한 사람이 될 수 없다는 말에 동의한다. 실행하지 않는 감각은 허상이고, 깊은 고민 없는 감각은 실행해도 차별화되기 어려우니까.

계절이 이끌어주는 일

버티고 또 버텨야합니다

그러면 시간이 해결해주고 계절이 이끌어
줄거에요

이끌어줄때 우린 나아갈 힘을 기르고 있어
야해요

지금은 버티면서 그 힘을 기르고 있는중이
야

우린

힘이 되는 말, 계절이 이끌어준다는 말.

우리는 "시간이 해결해준다", "시간이 지나면 좋아질 거야"라는 말을 자주 한다. 이런 말을 하면서 버티기도 하지만, 가끔은 나아갈 힘을 더 갖고 싶기도 하다. 그럴 때 친구가 해준 말, **"계절이 이끌어줄 거예 요."** 그래서인지 계절이 바뀌는 순간이 괜히 반가울 때도 있다.

지금 나아갈 힘이 없다면 시간을 믿자. 계절이 이끌어줄 테니까.

공예품은
그것을 만드는 사람의 태도

"공예품 자체보다는 장인의 기술이나 지식에 초점을 맞춘다."

전통을 이어가는 방법이 단순히 공예품만 보존하는 것은 아닐 것이다. 공예품을 만들기까지의 과정, 즉 공예품을 만드는 지식과 생각 그리고 태도가 더 중요하다. 이건 다른 분야에도 적용된다. 언제나 중요한 건 태도, 태도가 경쟁력이다.

평가가 아닌 평론

저는 평론가이지만,
제 견해만을 고집할 생각은 없습니다.
실제로 세월이 지나 제 판단이 바뀌는 경우도 있고,
예전에 특정 영화를 잘못 봤다는 생각이 드는 경우도
있으니까요.
그리고 당연히도, 그건 관객들 역시 마찬가지겠지
요.

그러니까 현재의 저는,
이렇게 생각합니다.

"현재의 저는 이렇게 생각합니다." 영화평론가 이동진 블로그에서.

나도 이렇게 '현재 시점'으로 말하는 습관을 들여야겠다. 나의 생각은
바뀌어갈 것이기 때문에. 현재의 저는, 지금의 저는 이렇게 생각합니다.

의심하고 계속 질문해보기

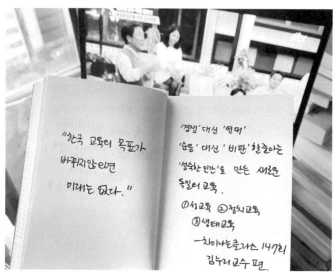

〈차이나는 클라스〉 김누리 교수님 편.

모든 것의 시작은 교육 아닐까? 어떤 일이든 거슬러 올라가면 교육으로 귀결된다. 독일에서는 교사가 되려면 국가고시를 패스하고도 최소 10년 이상의 수련을 해야 한다고. 그 정도로 학생을 가르치는 교사는 중요한 사람이다. 내가 가장 두려워하는 건 무조건적인 믿음, 순응이다. 내가 좋아하는 사람들, 똑똑하다고 믿는 사람들의 말도 무조건 수용하지 말고 비판적으로 사고해보자. 그 사람의 말이 틀릴 수 있다고 생각해보기. 내가 쓰는 용어에 잘못된 표현은 없는지 생각해보기.

그 모든 것에도 불구하고

지옥에 관한 이야기며, 물러설 곳 없는 벼랑 끝에서 자신의 생을 걸어 지켜낸 '무엇'에 관한 이야기기도 하다.

소설을 끝내던 날, 나는 책상에 엎드린 채 간절하게 바랐다. '그러나' 우리들이, 빅터 프랭클의 저 유명한 말처럼, 그 모든 것에도 불구하고 삶에 대해 '예스'라고 대답할 수 있기를……*

"그 모든 것에도 불구하고 삶에 대해 '예스'라고 대답하는 것."

빅터 프랭클의 《죽음의 수용소에서》에 나온 문장. 이 한 문장에 너무도 많은 의미와 과정과 시간과 노력과 역경이 함축되어 있다. 나도 그 모든 것에도 불구하고 삶에 대해 '예스'라고 대답할 수 있길.

부먹 인생

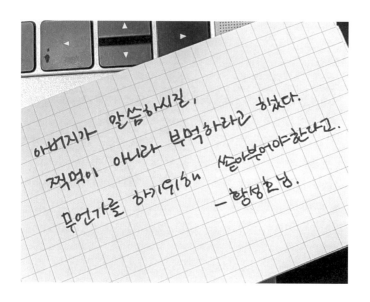

회사의 우수사원이 된 분의 수상 소감.

"아버지가 말씀하시길, 찍먹이 아니라 부먹하라고 했다. 무언가를 하려면 쏟아부어야 한다고."

탕수육에 비유하는 인생, 부먹하는 인생론, 너무 멋지다.
살면서 무언가를 쏟아부을 기회는 그리 많지 않으니까.
이왕 할 거라면.

글쓰기와 영감,
내가 계속해서 쓰는 이유

영감을 수집하고 들여다볼수록 내 관심이 어디에 있는지가 선명하게 보인다. 물론 상황에 따라 관심사는 조금씩 달라지지만, 신기하게도 친한 친구의 얼굴처럼 자주 등장하는 주제들이 있다. 내 경우 대표적인 것이 '글쓰기'에 관한 영감이다.

글을 쓸 때마다 괴로워하는 내가 글쓰기에 관심이 많다고? 아무리 봐도 놀랄 일이었지만, 되짚어보니 언제나 내게는 잘 쓰고 싶은 순수한 열의가 있었다. 내 글쓰기의 역사(?)를 돌이켜봐도 영감을 빼놓을 수 없었다. 어쩌면 영감을 수집한 계기도 글감을 찾으려는 노력에서 시작됐는지 모른다. 친구들과 '목요일의 글쓰기'라는 모임을 만들고 글을 쓰는 동안, 좋은 글에는 좋은 재료가 필수라는 사실을 자연스레 체득하게 되었으니까.

'글쓰기는 마음의 PT'라는 내용으로 어느 일간지에 칼럼을 쓴 적이 있다. 글을 쓰는 것은 말로 표현할 수 없는 다채로운 감정의 근육을 건드리는 일이고, 글을 쓸 때마다 감정에 솔직해지는 나를 보면서 마음의 근육도 중요하다는 걸 알게 되었다는 일종의 고백이었다. 살다 보면 자기 자신에게 솔직해질 기회가 의외로 많지 않다. 속마음을 들여다볼 시간 자체가 없다고 해야 할까. 어쩌면 '어렵다, 힘들다'고 투덜대면서도 계속 글을 쓸 수 있었던 것은 글쓰기가 주는 후련함 덕분이었을 테다.

선뜻 말하기 어려운 고민을 담은 블로그, 마음을 전하는 편지, 여행하면서 쓴 메모들, 하루를 시작하거나 마무리하며 드는 다짐까지 거창한 내용은 아니지만 나는 다양한 일상과 고민을 부지런히 쓰고 또 썼다. 나 자신에게 속마음을 털어놓는 마음으로 생각을 펼쳐나갔다. 이렇게 무작정 쓰지 않았더라면 글을 잘 쓰고 싶다는 생각에 갇혀 제대로 써볼 기회조차 없었을 것이다.

재미있는 사실은 시간이 흐른 뒤에 내가 예전에 쓴 글들이 또 다른 영감으로 다가왔다는 것이다. 쓸 때는 터무니없는 고민이나 부족한 생각인 줄 알았는데, 나중에 내가 쓴 글을 읽고 그때 왜 그런 생각을 했는지, 지금은 그때와 무엇이 다른지 떠올리는 과정에서 영감을 얻었다.

영감과 글쓰기는 닮았다. 아주 개인적인 생각이 보편적인 것, 많은 사람들이 공감할 수 있는 생각으로 익어간다. 처음부터 멋진 메시지나 기발한 아이디어를 찾겠다며 영감을 수집했더라면, 지금처럼 길가의 간판이나 한 줄의 기록에 쉽게 감동하기는 어려웠을 것이다. 글을 쓸 때도 '별걸 다 쓴다'는 마음으로 무작정 내 이야기를 썼으니까. 아니, 별걸 다 한다는 마음으로!

그러고 보니 나에게 가장 큰 영감을 준 것은 어려운 상황에서도 무언가를 시도하는 사람들이었다. 힘든 가운데 끝없이 시도하고 밀어붙이는 사람들을 보면 영감을 넘어 기운까지 솟아나는 법이다. 내 글이 더 많은 사람들에게 '나도 할 수 있다'는 자신감으로 전해질 거라 믿으며, 나는 오늘도 별걸 다 영감 삼아 별걸 다 쓴다.

인생은 공책이다

Q. 요즘 젊은 친구들에게 어떤 이야기를 해주고 싶나.

젊은 친구들이 멘토를 통해 인생의 가이드가 아니라 인생의 답을 찾으려는 것 같다. '여덟 단어'라는 책을 냈었는데, 그 책 제목 후보 중 하나가 '인생은 공책이다'였다. 인생을 책으로 아는 사람이 많은 것 같다. '이십 대를 이렇게 살았는데, 삼십 대 중반에 가면 뭐가 쓰여 있나요, 어떤 결과가 나옵니까'라고 묻는다. 미래는 빈 공책이다. 그곳을 채우며 써 나가는 것이 인생이다. 내가 어떻게 살아가냐에

디자인프레스 〈오! 크리에이터〉에 실린 박웅현 님 인터뷰 중에서. 인생은 결말이 정해진 책이 아니라 아무것도 쓰여 있지 않는 공책이라는 말이 와닿았다. 어떻게 살아갈 것인지 한 줄 한 줄 써보라는 글을 읽으며, 공책에 무언가 쓰는 모습을 상상해본다. 대단한 내용을 쓰기보다 성실한 일상을 채워가는 행동이 우리의 삶과 닮았다.

언제나 맑은 하늘은 존재한다

검은 구름을 뚫고 얼굴을 내민 맑은 하늘. 맑은 하늘은 언제 어디에나 있다. 늘 보이는 것이 아닐 뿐. 이렇게 생각하면 흐릿한 마음도 단숨에 맑아지는 기분이다. 위로가 되는 오늘의 장면.

어느 쪽을 볼 것인가

㉮ 자존감이/자존심이 높다, 자존심이/자존감이 세다

자존심이 없는 사람은 자존감이 없는 사람이기도 하고, 자존심을 지키는 일은 자존감을 지키는 일이기도 하다(㉮의 경우). 그런가 하면 자존감은 주로 '높다/낮다' 등과 호응하는 반면, 자존심은 '세다/강하다/상하다' 등과 호응한다(㉯의 경우). 둘 사이의 결정적 차이는 시선의 향방에 있다. 자존심의 시선은 자신의 밖을 향하고 있고, 자존감의 시선은 자신의 안을 향하고 있다. 자존심은 남들이 나를 어떻게 바라보는가에 민감하지만, 자존감은 내가 스스로를 어떻

"자존심과 자존감의 결정적 차이는 시선의 향방에 있다."

안상순 님의 《우리말 어감사전》 중에서.

남들이 나를 어떻게 바라보는가 vs. 내가 스스로를 어떻게 바라보는가.

어른이 된다는 딜레마

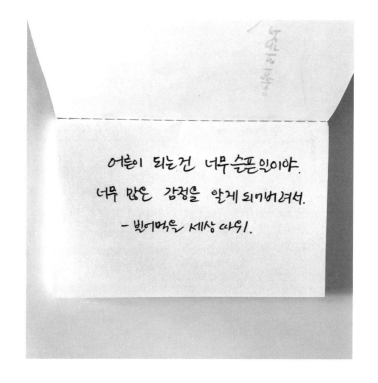

"어른이 되는 건 너무 슬픈 일이야. 너무 많은 감정을 알게 되어버려서." 넷플릭스 오리지널 〈빌어먹을 세상 따위〉 중에서.

어른이 되는 것의 딜레마는 언제나 존재한다. 아무것도 모른 채 어른이 되어도 문제고, 너무 많이 알아버려도 문제고. 익숙해지는 것의 위험성 같다.

우리는 모두 모험가다

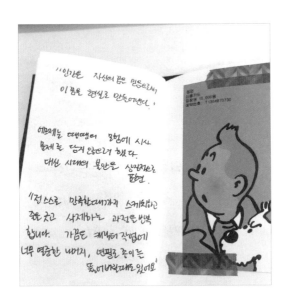

⟨땡땡의 모험⟩을 그린 벨기에 만화가 에르제의 전시를 보고 기록. 좋은 작품을 남긴 작가의 치열한 삶을 들여다보면, 결국 우린 모두 같은 곳을 바라보고 있다는 것을 알게 된다.

"전 스스로 만족할 때까지 스케치하고 줄을 긋고 삭제하는 과정을 반복합니다. 가끔은 캐릭터에 너무 열중한 나머지 연필로 종이를 뚫어버릴 때도 있어요." ⟨땡땡의 모험⟩을 그리기 위해 종이 위에서 얼마나 많은 시험과 모험을 해야 했을지, 작가의 노력이 느껴지는 글귀.

시간의 축

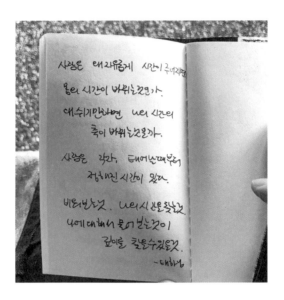

사람은 왜 자유롭게 시간이 주어지면 몸의 시간이 바뀌는 것일까. 예를 들어 알람을 안 맞추고 자면 자연스럽게 눈을 뜨는 시간이 다 다르다. 왜 쉬기만 하면 시간의 축이 바뀔까. 사람에겐 각자 태어날 때부터 정해진 시간이 있다. 모든 사람은 시간의 축이 다르다. 그러니 각자의 시간 축에 맞게 살면 된다. 누군가는 미라클 모닝이 맞아도 나는 아닐 수 있다. 내 시간의 축대로 살아가보련다.

세상을 바꾸려면

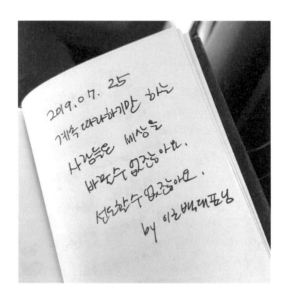

"계속 따라 하기만 하는 사람들은 세상을 바꿀 수 없잖아요. 선도할 수 없잖아요." 이근백 마더그라운드 대표님과의 대화 중에서.

한 곳이 잘되면 금방 카피해서 돈을 버는 곳이 생긴다. 그런 일이 워낙 많으니 '비즈니스란 원래 그런 건가?' 하며 괜한 허무함과 함께 복잡한 생각이 들었다. 그런 고민을 하던 와중에 마더그라운드 대표님의 뼈 있는 말씀을 들었다. 세상을 선도하지 않아도 괜찮지만, 따라 하기만 하면 세상을 즐길 수 없으니까. 해보지 않은 것을 해보는 재미는 재미 중의 재미.

자기다운 자기소개

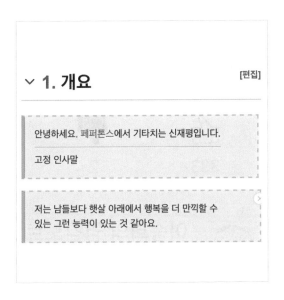

우연히 검색하다 나무위키에서 본 페퍼톤스 신재평의 자기소개.

나이, 출신 학교, 직업으로 소개하는 '나'보다 나답게 '나'를 소개하고 싶다. 이렇게 생각하면 나도 참 많은 능력을 가진 사람이다. 나도 신재평 님처럼 햇살 아래에서 행복을 더 만끽할 수 있는 능력이 있고 매일 하늘을 보며 감탄할 줄 아는 사람인데 말이다.

'싫어요' 버튼도 당연한 일

'좋아요'가 아무리 많아도 '싫어요' 버튼 두 개가 계속 따라다니는 게 마음에 걸렸다. 나를 좋아하는 사람이 아무리 많아도 나를 싫어하는 한 명이 신경 쓰이는 것처럼. 이런 나에게 14세 서현이가 해준 말이 인상적이었다. 절대적인 '좋아요'는 있을 수 없으니 '싫어요'도 전체 의견의 비중으로 보는 것이 합리적이라는 것이다. '싫어요' 버튼이 당연한 세상에서 자란 아이들은 표현의 자유를 인정하고 이해하며 다양성을 나누게 될까, 아니면 표현하기도 전에 '싫어요'를 두려워하게 될까. 이것 역시 정답은 없겠지. 지켜봐야 알 것이다. (지금은 유튜브의 '싫어요' 버튼 숫자가 보이지 않도록 업데이트되었다.)

332

남과 비교하는 나를
미워하지 않기

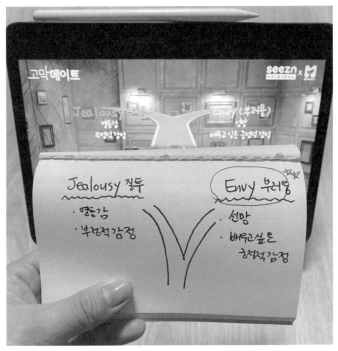

다른 사람과 비교하지 말라고 하지만 그게 말처럼 쉬운가. 남과 비교하는 나를 발견했을 때 그런 나를 미워하지 말자. 오히려 한 단계 성장할 수 있는 기회가 왔다고 외쳐볼 것!

네 인생은 편집본, 내 삶은 원본

네 인생은 편집본, 내 삶은 원본🎬 | "롱 테이크
(Long Take)" (feat. 조매력, 땡지, 천재이승국)

티키틱 TIKITIK · 조회수 56만회 · 1개월 전

제목에 끌려 클릭했는데 노래가 너무 좋아서 계속 듣다가 끝날 때쯤
엔 왠지 모를 위로를 받았다. 다른 이들의 편집된 일상을 실시간으로
바라보며 비교하는 나에게 주는 메시지 같았다. 남들은 다 잘난 것 같
고 뭐든 잘하는 것 같은데 나만 느리고 그대로라고 느끼는 건, 내 인
생은 편집되지 않은 원본이어서가 아닐까. 영상의 하단에는 이런 댓글
이 달려 있었다.

**"우리는 우리의 비하인드 신과 누군가의 하이라이트 신을 비교한
다."**

모든 것은 '나'의 마음으로부터

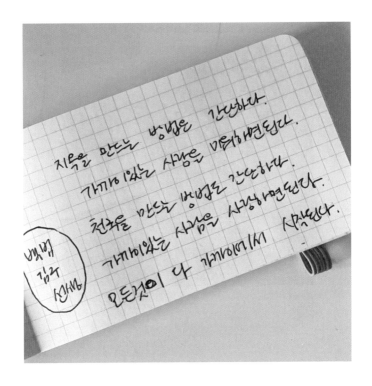

지옥을 만드는 것도 나고, 천국으로 향하는 것도 나다. 결국 모든 것은 나의 마음가짐에 달려 있다. 모든 것은 다 가까이에서 시작된다.

좋은 어른이 되는 비밀

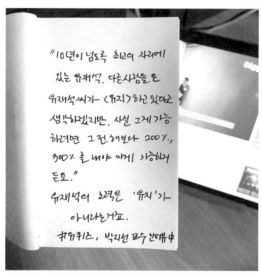

"10년이 넘도록 최고의 자리에 있는 유재석. 다른 사람들은 유재석씨가 <유지>하고 있다고 생각하겠지만, 사실 그게 가능하려면 그전해보다 200%, 300%를 내야 아게 가능하거든요."

유재석의 로직은 '유지'가 아니라는거죠.

#유퀴즈, 박지선 교수 인터뷰 中

요즘 '좋은 어른'이 되는 것에 대해 자주 생각한다. 나이들수록 좋은 어른이 된다는 것이 얼마나 어려운지 실감하게 되니까. 친구는 우리가 생각하는 멋진 어른들도 비슷한 고민을 거쳤을 거라고 한다. 그냥 나이든 게 아니라 작년보다, 어제보다 부단히 노력했을 거라고. 좋은 어른이 되고 싶다. 내가 사는 세상이 전부인 줄 아는, 나이와 위치를 권력 삼아 염치와 부끄러움을 모르는 어른은 되지 말자고 다짐한다. 그러려면 어제보다 오늘 훨씬 더 노력해야 할 것이다.

무스펙, 지방대,
비전공자라 할지라도

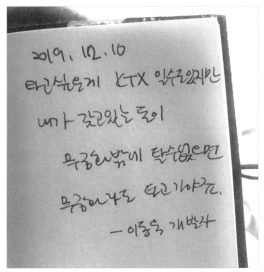

"타고 싶은 게 KTX일 수도 있지만 내가 가진 돈으로 무궁화호밖에 탈 수 없으면 무궁화호라도 타고 가야죠."
개발자 이동욱의 〈EO〉 인터뷰 중에서.

무궁화호를 타고 늦게 도착할지라도 탔다면 종착지에는 반드시 간다 는 것.

내 잠재력을 알아주는 너

친구라는 말이 지니는 가장 심오한 뜻, 나 자신보다도 내 잠재력을 더 꿰뚫어보는 사람, 내가 최고의 기량을 발휘하도록 도와주는 사람이다. 이 책이 지닌 마력은 바로 이 책을 읽는 사람이라면 누구에게라도 애덤이 그런 친구가 되어준다는 점이다. 그는 회의와 두려움을 극복하고, 자신이 지닌 아이디어를 기꺼이 제시하고 설득력 있게 주장하고, 생각지도 못했던 곳에서 뜻밖의 지지자들을 발굴하는 비결에 대해 풍부한 조언을 제시한다. 그는 불안감을 다스리고, 분노를 승화시키고, 우리의 결점들 가운데 장점을 찾아내고, 장애물을 극복하고 다른 사람들에게 희망을 주는 **방법**에 대해 현실적인 지침을 제시해준다.

"친구란 나 자신보다도 내 잠재력을 더 꿰뚫어보는 사람, 내가 최고의 기량을 발휘하도록 도와주는 사람이다."
애덤 그랜트의 《오리지널스》 중에서.

책을 읽다가 친구에 대한 정의를 메모하다. 누군가에겐 나도 그런 친구가 되고 싶다.

뭐든 상관없으니
내 마음대로 할래

모두를 만족시키겠다는 생각 자체가 잘못된 것이다. 현실은 100명 중 한 사람을 만족시키는 것도 쉽지 않다. 그러니 내가 만족시키지 못한 사람들을 돌아보며 후회하기 보다 나에게 지지를 보내는 소수에게 감사하고 그들에게 온 힘을 다하는 것이 현명한 일이다.

하루키는 이렇게 말했다.

어떤 이야기를 어떻게 쓰든 결국 나쁜 말을 듣는다. 그런 말에 일일이 진지하게 상대했다가는 몸이 당해내질 못한다. 그래서 저절로 '뭐든 상관없으니 내가 쓰고 싶은 대로 쓰자'라고 하게 된다.

블로그 이웃 HK 님의 글. 모두를 만족시키는 건 애초 불가능하다는 걸 알면서도, 악플 하나에 신경이 쓰이는 건 어쩔 수 없는 창작자의 마음인 것 같다. 나도 책을 내고 글을 쓰면서 여러 번, 아니 매번 드는 마음이랄까. 하루키의 말처럼 어떤 평가에서도 자유로울 수 있는 용기, 아니 결심이야말로 창작자가 갖춰야 할 조건 아닐까.

인생은 주사위를 던지는 일

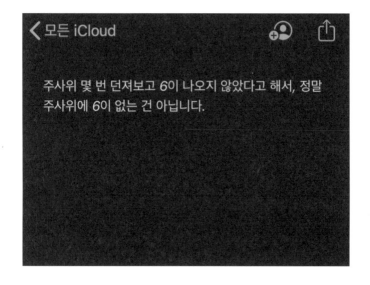

주사위 몇 번 던져보고 6이 나오지 않았다고 해서, 정말 주사위에 6이 없는 건 아닙니다.

웹툰 〈진눈깨비 소년〉을 보다가 기록.

6이 나오지 않았다고 해서 좌절하지 말자. 주사위에 6이 없는 건 아니니까.

우리는
시간이 갈수록 훌륭해진다

올해를 정리하는 100가지 질문 중 하나에 이런 게 있었다. '시간이 갈수록 ( )해진다.' 친구는 '시간이 갈수록 못나진다'라고 했다. 엄살이겠지만 딱히 부정하지 않는다. 농담이다. 하지만 나는 반대로 생각한다. 사람들은 시간이 갈수록 훌륭해진다. 시간이 갈수록 나이가 들고, 나이가 들수록 인생에 슬픈 일이 발생할 확률이 크다. 그래서 비로소 다른 사람들의 슬픔을 볼 수 있게 되기 때문이다.

"살수록 훌륭해진다. 시간이 갈수록 나이가 들고, 나이가 들수록 인생에 슬픈 일이 발생활 확률이 크다. 우리는 같은 아픔을 공유한다. 그리고 그걸 느껴본 적 있는 사람을 발견했을 때 곁을 내어준다." 정성은 '비디오편의점' 대표PD의 칼럼 중에서.

누군가의 아픔을 공감한다는 것은 훌륭한 어른이 되어간다는 것이다.

여러분은
모두 괜찮은 사람들입니다

"여러분들은 모두 괜찮은 사람들입니다. 그것도 엄청! 편안함에 이르기까지 파이팅!" 〈나의 아저씨〉 엔딩 후 제작진의 말.

손발이 시려운 계절이 오면, 어김없이 생각나는 드라마 〈나의 아저씨〉. 드라마 〈나의 아저씨〉가 사랑받은 이유는 조금씩 다 부족한 구석이 있는 사람들이 서로를 채워주면서 완성해가는 이야기여서 아닐까. 우리 모두는 자신이 아는 것보다 괜찮은 사람들이다. 완벽하진 않아도.

특별한 삶 대신 특별한 삶의 태도

"예술가는 특별한 삶을 살지 않는다. 평범한 삶을 특별하게 받아들일 뿐이다." 김태경 님의 인스타그램에서.

예술가는 자신이 표현하고 싶은 것을 표현하고, 디자이너는 고객이 원하는 것을 표현한다는 이야기를 들은 적이 있다. 그렇다면 예술가는 특별한 사람이 아니라, 평범한 삶을 특별하게 받아들이는 역량을 가진 사람일 테다. 우리가 예술가에게 빠지는 이유도, 우리가 그러한 삶을 살고 싶어서가 아니라, 그러한 삶의 태도가 멋있기 때문 아닐까.

날씨처럼

Q. 그렇다면 어떤 감정이 충만한가요.
A. 편안함과 감사함이죠. 눈떴는
데 아직도 하루가 있으면 감사
한거예요. 어떤 일이든 있는 그대
로 받아들이면 편한 세상이 돼요.
매일매일 벌어지는 좋은 일도 안좋은
일도 수긍스럽겠지만 그냥 받아
들이세요. 날씨처럼요. 비오고
바람분다고 슬퍼하지말고 해가
뜨겁다고 화내지말고. (웃음)
 - 화가 노은, 김지수 《자기인생의 철학자들》

"그냥 받아들이세요. 날씨처럼요. 비 오고 바람 분다고 슬퍼하지 말고 해가 뜨겁다고 화내지 말고."
화가 노은이 김지수 인터뷰집 《자기 인생의 철학자들》에서 한 말.

좋은 감정도 있고 나쁜 감정도 있고, 뿌듯한 순간도 있고 버거운 순간도 있다. 그냥 그대로 받아들이며 일희일비하지 말 것. 나에게 해주고 싶은 말.

수급불류월

수급불류월(水急不流月)은 강물이 아무리 급히 흐른다 한들 수면에 비친 달의 그림자는 흐르지 않는다는 뜻이다. 자기 중심을 잡는 것에 대한 이야기이기도 하다. 휩쓸리는 것이 나쁜 것만은 아니지만, 내가 어디에 발붙여야 할지 모르는 상황에서 휩쓸리는 것만큼 위험한 일이 또 있을까? 가끔씩 마음이 요동치거나 가파른 물살에 휩쓸릴 때 이 단어를 떠올리자. 내 중심을 잡고, 세상이 어떻게 흘러가는지 바라보는 것이다. 내 마음의 소리에 귀 기울이고 나만의 색깔과 속도를 찾아가자.

위안받을 나만의 장소가 있나요?

> 위안 받는 각자만의 한강이 있어야 한다.
> 나는 노트에 순간순간 느낀 감정이나 목표들을 적는 것이
> 뇌의 기록을 종이로 옮겨 오는 작업이라고 생각한다
> 종이에 옮겨 온 글들은 다시 나의 가슴으로 들어온다.
>
> 심장이 뛰고 기분이 변한다.
> 뇌에서 바로 심장으로 이동하면 좋겠지만
> 생각은 뇌에서 바로 심장으로 잘 옮겨 가지 않는다.
>
> 배우 / 하정우

배우 하정우 님이 쓴 각자만의 한강에 대한 메모. 도시에 사는 우리에게 필요한 건 위안을 얻는 장소 아닐까. 장소라고 했지만 마음을 보듬어줄 루틴이어도 좋고, 사람이어도 좋고, 책이어도 좋다. 어쩌면 내게는 영감노트가 나만의 한강일지도 모르겠다.
"당신이 위안받는 한강은 무엇인가요?"

잊힐 일은 잊힌다

언젠가 블로그에 썼던 글. 글처럼 과거에 힘들었던 일들은 아무렇지 않은 게 되었다. 시간은 반드시 흐르고 잊힐 것들은 잊힌다. 미래에 언젠가 또 힘들 때면, 그때처럼 또 적어두자. 그리고 미래에 다시 읽어보자. 아무것도 아닌 일이었다고 가볍게 이야기하는 날을 또 기대하면서.

내 삶에 답이 있을까?

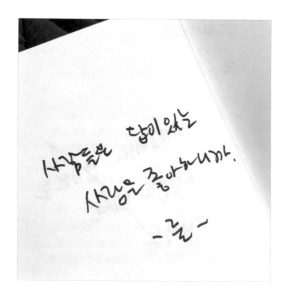

세상은 답이 있는 사람들, 확신에 찬 사람들을 좋아한다. 그래서 답을 주는 책이나 유튜브가 인기 있는 것인지도 모르겠다. 사실 우리의 인생은 답이 없는 과정인데 어떻게 확신에 차서 이야기할 수 있을까? 어쩔 땐 너무 확실한 답이 있는 사람과의 대화가 힘들 때도 있다. 확실한 답만 주는 사람보단, 답을 찾아가는 시간을 즐기는 사람과 대화를 나누고 싶다. 답을 찾는 과정 자체가 나에겐 답일지도 모르니.

변화를 만드는 사람 vs.
변하는 사람

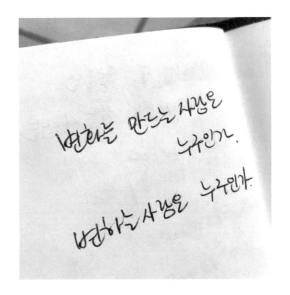

변화를 만드는 사람은 누구인가? 변하는 사람은 누구인가? 생각할수록 닭이 먼저냐, 달걀이 먼저냐의 문제 같다. 변화를 만드는 사람이 중요해 보이지만 스스로 변하지 않으면 변화를 만들 수 없을 테니까. 어느 쪽이 됐든 변화를 무시할 수 없는 시대에 우리는 와 있다.

피곤함도 인생이에요

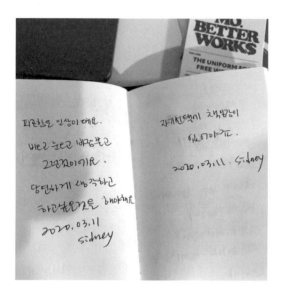

요즘 영어 학원을 다닌다. 긴 수업에 나도 모르게 졸았는데 수업 때 조는 학생들에게 시드니 선생님이 말씀하셨다.

"피곤함도 인생이에요. 비 오고 눈 오고 바람 불고 그런 것이에요. 당연하게 생각하고 하고 싶은 것을 해야 해요."

피곤을 끌어안고 사는 우리에게 괜히 위안이 되는 말. 하고 싶은 일을 하려면 으레 제약이 많은 법이다. 그래, 피곤함도 인생이다. 정신 차려, 이승희!

둔감력

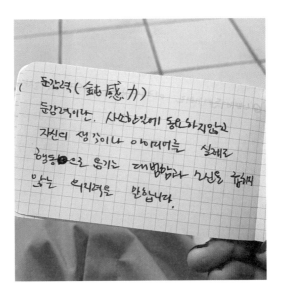

오늘 나의 마음을 움직인 단어가 있다. '둔감력'.

사소한 일에 동요하지 않고, 자신의 생각이나 아이디어를 실제로 행동에 옮기는 대범함과 소신을 굽히지 않는 의지력을 말한다. 수급불류월과도 비슷하게 느껴지는 단어. 사소한 일에 휩쓸리지 말고 둔감하게 나의 소신대로, 대범하게 한 발짝씩! 흔들릴 때마다 둔감력을 떠올려야지.

계절이 바뀐 것일 뿐

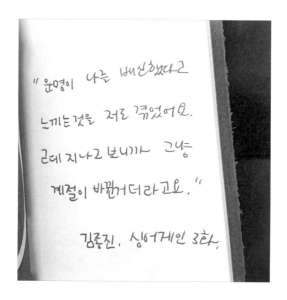

"운명이 나를 배신했다고 느끼는 것을 저도 겪었어요. 근데 지나고 보니까 그냥 계절이 바뀐 거더라고요." 가수 김종진의 〈싱어게인〉 3화 심사평 중에서.

그래, 단지 겨울잠을 잤을 뿐.

어쨌든 시간은 흐른다

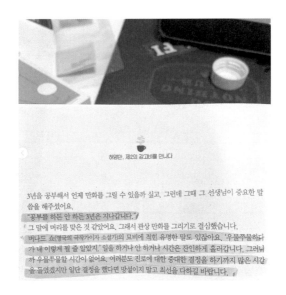

허영만, 제2의 강의노트를 만나다

3년을 공부해서 언제 만화를 그릴 수 있을까 싶고. 그런데 그때 그 선생님이 중요한 말씀을 해주셨어요.
"공부를 하든 안 하든 3년은 지나갑니다."
그 말에 머리를 맞은 것 같았어요. 그래서 관상 만화를 그리기로 결심했습니다.
버나드 쇼(영국의 극작가이자 소설가)의 묘비에 적힌 유명한 말도 있잖아요. '우물쭈물하다가 내 이렇게 될 줄 알았지.' 일을 하거나 안 하거나 시간은 잔인하게 흘러갑니다. 그러니까 우물쭈물할 시간이 없어요. 여러분도 진로에 대한 중대한 결정을 하기까지 많은 시간을 들였겠지만 일단 결정을 했다면 망설이지 말고 최선을 다하길 바랍니다.

허영만 선생님이 관상 만화 〈꼴〉 연재를 요청받았을 때, 관상 공부가 얼마나 걸릴지 전문가에게 물어봤다. 적어도 3년이라는 말에 마음을 접으려 할 때 전문가가 한 말.

"공부를 하든 안 하든 3년은 지나갑니다."

나이들수록 시간에 대한 강박은 커져간다. 나 역시 뭔가 공부해보고 싶으면서도, 배움에 얼마나 시간이 드는지 '시간의 총량'을 자꾸 의식한다. 하지만 고민할 동안에도 시간은 흐른다. 우물쭈물할 시간이 없다. 무언가 하고 싶다면 그냥 시작해보자.

자존감의 언어

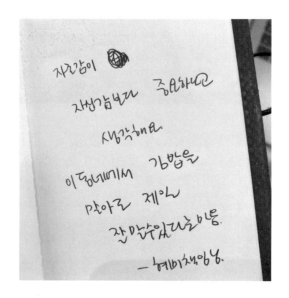

"자존감이 자신감보다 중요하다고 생각해요. 이 동네에서 김밥을 말아도 내가 제일 잘 말 수 있다는 마음!" 혜미 책임님의 한마디.

우리는 모두 각자의 방식으로, 각자의 언어로 자존감을 정의한다. 자존감이 높은 사람들은 각자의 멋진 인생을 사는 것 같다.

해녀들에게 들은 말

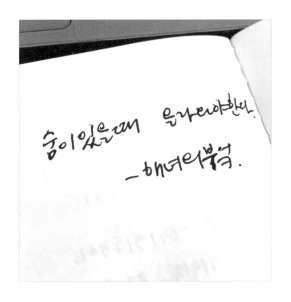

"숨이 남아 있을 때 올라오라."
제주도 식당 '해녀의 부엌' 공연 중에서.

이는 해녀들에게 중요한 말이라고 한다. 숨이 다 차서 올라오면 그땐
이미 늦은 거라고. 숨이 남아 있을 때 올라오라는 말은 우리에게도 똑
같이 적용될 수 있다. 스스로 알아야만 한다. 숨이 다 찰 때까지 버티
지 말고 숨이 남아 있을 때 올라와야 한다는 것을.

불평보단 대안을,
과거보단 미래를

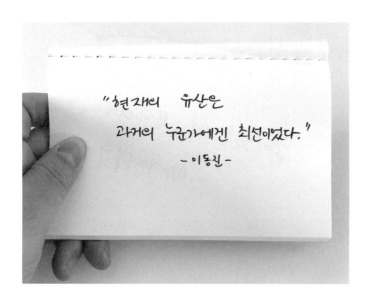

"현재의 유산은 과거의 누군가에겐 최선이었다."
친구 이동진이 해준 말.

왜 이것밖에 안 되냐며 나무라기 전에 누군가에게는 이것이 최선일 수 있다는 것을 기억하자. 내 기준으로 판단하고 단언하지 말자.

1/n만큼의 가슴 아픔과 공감

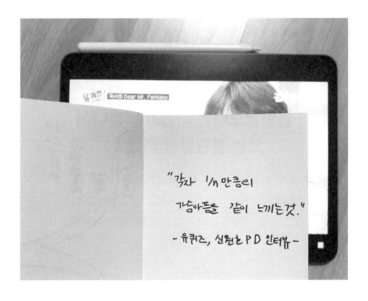

다른 사람들을 외면하지 않고

계속 함께 속상해하고 가슴 아파하는 것,

각자 1/n만큼의 가슴 아픔을 같이 느껴주는 것,

이 사회의 일원이라면 해야 할 의무다.

tvN 신원호 PD의 이야기. 그래서인가. 신원호 PD님이 만드는 '응답하라' '슬기로운' 시리즈 드라마들은 우리의 인생을 보듬고 공감하고 위로한다.

마음의 자유를 찾아서

나는 자유가 부족해서 오는
불편함보다는 자유가 넘쳐나서
오는 불편함을 겪겠다.

I would rather be exposed to the
inconveniences attending too much
liberty than to those attending too
small a degree of it.

토마스 제퍼슨

자유에 대한 논쟁을 벌이다 찾은 문장. 테두리를 벗어나는 것만이 자유가 아니라는 것을 안다. 내가 현재 자유롭게 살고 있나? 자유가 부족하다면 이유는 무엇일까? 꾸준히 질문할 필요가 있다. 아직은 소속으로 '자유의 여부'를 따지고 싶진 않다. 내가 어디에 존재하든 내 마음이 중요하다. 난 그저 자유롭게, 즐겁게 살고 싶다. 생각이 자유로운 사람으로.

내 삶을 아카이빙하는 방법

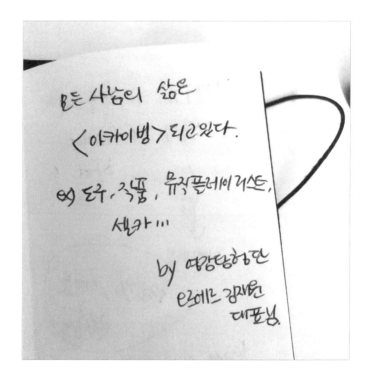

모든 사람의 삶은 아카이빙되고 있다. 이렇게 노트에 적고 이걸 다시 찍어서 이곳에 포스팅하는 것도 내 삶을 아카이빙하는 방법 중 하나. 이것이야말로 기록의 쓸모.

사무친 기억을 써보는 일

손현

얼마 전에 고수리 작가의 글쓰기 강연을 들은 적이 있는데요. "자신의 사무친 기억"을 언젠가는 꼭 글로 풀어내야 다음 단계로 나아갈 수 있다고 하더군요. 깊이 공감했어요. 숭님도 그런 기억이 있다면 나중에 꼭 써보세요. 그것도 기왕이면 공적인 글쓰기로!

2020.3.5. 22:17

답글　　　　　　　　　　♡ 0

너무 힘든 사적인 이야기는 글로 쓰기 어렵다는 내 블로그 글에 손현 님이 달아준 댓글. 아주 사적인 이야기를 공적인 글쓰기로 풀어보라 는 말이 유독 기억에 남는다. 그렇게 할 수 있을까? 특정 이야기를 할 때면 꼭 눈물이 나서 끝까지 말을 잇지 못한다. 어제도 바보같이 또 어떤 이야기를 하다가 울었다. 매번 같은 지점에서 말을 잇지 못하는 '그런 것들'이 있다. 사무치는 기억들은 꼭 나중에 글로 풀어보고 싶다. 글로 쓰는 순간 털어낼 수 있을 거라 믿고.

종이약국 서가

한국서점인협회가 진행하는 '종이약국 서가' 프로젝트. 서점 안에 우체통을 두고, 고객들의 사연을 모아 고민에 적합한 책을 추천해준다. 사연을 모아보니 사람들의 고민이 대략 스무 가지 유형으로 좁혀졌다고 한다. 인간은 대체로 비슷한 고민을 안고 살아가고 있구나. 해결하는 방식이 각기 다를 뿐.

고민 유형

Q. 모든 일이 우울하고 삶에 의욕이 없을 때.

Q. 과연 이렇게 사는 게 맞은 삶일까요?

Q. 아직 해야 할 일이나 꿈을 찾지 못했다고요?

Q. 새로운 출발을 앞두고 용기가 필요합니다.

Q. 나 자신을 바꾸고 싶을 때.

Q. 가족과 좋은 관계를 유지하고 싶어요.

Q. 부부 문제나 고부 갈등에는 이 책을.

Q. 인간관계에서 배신이나 상실을 느낄 때.

Q. 헤어져서 이별의 상처가 아물지 않을 때.

Q. 좋아하는 사람이 있지만 용기를 내지 못할 때.

Q. 회사에서 인간관계가 어렵고 잘 풀리지 않아요!

Q. 내 아이를 잘 키우려면 이 책부터 읽자.

Q. 내 아이에게 맞는 미래 직업 찾아보기

Q. 가족이나 친구의 죽음으로 괴로울 때.

Q. 주체적인 여성으로 살고 싶어요!

Q. 공부로 고민하는 청소년이에요!

Q. 힐링이 되는 책을 읽고 싶어요

Q. 명언이나 명구로 위로받고 싶어요

Q. 무슨 책부터 읽어야 할지 고민인 그대에게.

자존감 업그레이드

괜찮은 척 하지 않아도 돼

4회 핑클은 의미심장한 대화를 나눈다. '남들이 안 알아줘도 내가 내 자신이 기특하게 보이는 순간이 많을수록 자존감이 높아져'라는 효리의 말을 시작으로 이들은 자신에 대한 평가를 타인에게 의존해왔던 시절의 모습들을 하나씩 들춰본다. "이거 우리 직업병 아니야?"라며 힘들었던 기억들을 공유한다.

〈오마이뉴스〉, "JTBC 〈캠핑클럽〉 중년의 핑클이 보여준 '나이듦'의 미덕" 중에서.

몇 년째 우리 곁을 떠나지 않는 단어, 자존감. 자존감이 높으면 좋다는 걸 알지만, 그렇다고 매번 자존감을 의식하며 사는 것도 꽤나 어려운 일이다. 일상에서 나 자신이 기특해 보이는 순간이 많아질수록 자존감은 높아진다.

희망은 늘 절망보다 가차 없다

"희망은 늘 절망보다 가차 없다. 그래서 우리를 걷게 한다."
김소영의 《어린이라는 세계》 중에서.

절망에 빠지기는 쉽다. 힘들 때마다 절망이라는 감정에 기대기도 쉽고, 절망한 채로 나아가려 애쓰지 않아도 되니까. 하지만 너무 버겁더라도, 절망보단 희망을 이야기하는 사람이 되고 싶다. 희망과 절망에 대해 단호하게 이야기하는 이 책에서 뭔지 모를 위로를 얻는다.

일상의 구조조정

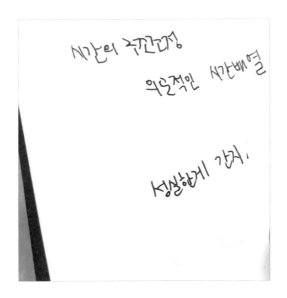

지금 나에게 필요한 것, 일상의 구조조정.

같은 시간에 일어나고 같은 시간에 자면서 또 다른 무언가를 얻을 수는 없다. 내가 성취하고자 하는 것이 있다면, 잠을 줄이든지 약속을 줄이든지 일상의 구조조정이 반드시 필요하다. 이는 계획의 또 다른 이름이기도 하다. 의도적인 시간 배열, 시간의 구조조정, 지금 나에게 필요한 일.

길을 찾으면 또 다른 길로

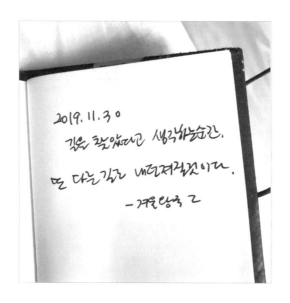

"길을 찾았다고 생각하는 순간, 또 다른 길로 내던져질 것이다."
〈겨울왕국 2〉 중에서.

언제쯤 나의 길을 찾을 수 있을까? 늘 내 인생은 모호한 것 같다. 나만 이렇게 헤매는 것일까 하고 생각하던 차에 '나만 그런 게 아니구나'라는 묘한 위로를 준 대사. 영화도 우리의 일상도 결국은 끊임없이 '길'을 찾아가는 과정 아닐까?

여행의 이유

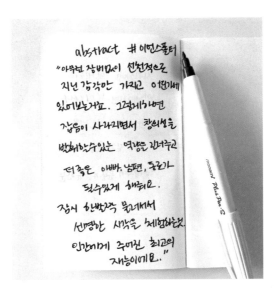

넷플릭스 오리지널 다큐 〈앱스트랙트〉에서 인스타그램의 이언 스폴터가 한 말 중에서.

일상에서의 나, 직장에서의 나를 버리고,
나라는 사람의 감각만 가지고,
새로운 장소로 나를 데려가는 일.
때론 한 발짝 물러서보자.

시간이 지나고 나면

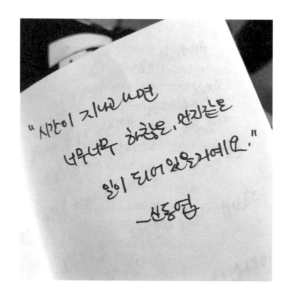

"시간이 지나고 나면
너무너무 하찮은, 언짢은
일이 되어 있을거예요."

—신동엽

시간은 흐른다. 시간은 그 자체로도 중요하지만 시간이 흐르면서 내가 얻게 되는 것이 무엇인지 생각할수록 시간만큼 소중한 게 또 있을까 싶다.

시간이 지나고 나면, 잊힐 것이다.

시간이 지나고 나면, 성장해 있을 것이고,

시간이 지나고 나면, 누군가를 이해했을 수도 있고,

시간이 지나고 나면, 내 것을 갖게 될 것이다.

다른 사람이 아닌 나의 이름으로

강원국

<강원국의 글쓰기>를 썼다. 이제 내가 나로서 나답게
산다. www.kwriting.com

"이제 내가 나로서 나답게 산다."

많은 울림을 주는 강원국 선생님의 페이스북 프로필 소개글. 《강원국의 글쓰기》를 출간한 후 소개가 변경되었다. 《대통령의 글쓰기》도 좋았지만 《강원국의 글쓰기》가 더 좋은 이유다. 《대통령의 글쓰기》에서 《강원국의 글쓰기》를 쓰기까지 오랜 시간이 걸리셨을 것이다. 글쓰기 선생님 강원국이 아닌 작가 강원국을 만나게 된 것도 독자로서 누릴 수 있는 행운.

가끔씩만 남의 삶에 주목하기

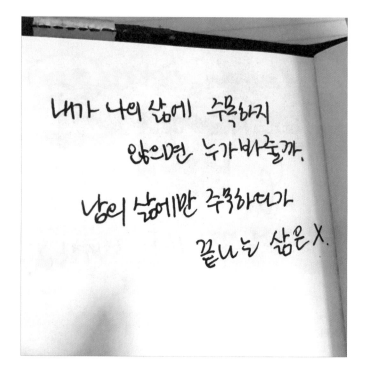

스마트폰 중독자(=나)에게 하는 이야기. 남의 삶을 들여다보는 것과 남의 삶에만 주목하는 것은 전혀 다른 맥락이다. 내가 나의 삶을 주목하지 않으면 누가 봐줄까 하는 마음으로 오늘도 나에게 좀 더 집중해본다. 나라는 사람에게 힘을 실어주기.

지금 이 순간

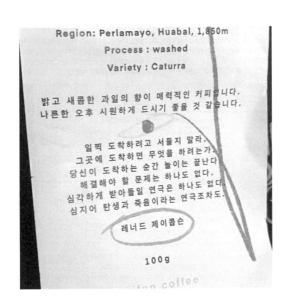

Region: Perlamayo, Huabal, 1,850m

Process : washed

Variety : Caturra

밝고 새콤한 과일의 향이 매력적인 커피입니다.
나른한 오후 시원하게 드시기 좋을 것 같습니다.

일찍 도착하려고 서둘지 말라.
그곳에 도착하면 무엇을 하려는가.
당신이 도착하는 순간 놀이는 끝난다.
해결해야 할 문제는 하나도 없다.
심각하게 받아들일 연극은 하나도 없다.
심지어 탄생과 죽음이라는 연극조차도.

레너드 제이콥슨

100g

"일찍 도착하려고 서둘지 말라. 그곳에 도착하면 무엇을 하려는가. 당신이 도착하는 순간 놀이는 끝난다. 해결해야 할 문제는 하나도 없다. 심각하게 받아들일 연극은 하나도 없다. 심지어 탄생과 죽음 이라는 연극조차도." 작가 레너드 제이콥슨의 한마디.

속초 라이픈커피에서 원두를 사면 이런 멋진 시를 받을 수 있다.

창의 노동을 하자

이성국
2018년 12월 13일 · 🌐

종합광고대행사 AE로 시작해서 카피라이터로 전향, 어쩌다보니 브랜드마케터가 되었다. 커리어가 뒤엉킨 박쥐이자 생태계를 해치는 돌연변이. 물론 오랜 꿈이었던 광고쟁이 경력도 단절 됐다. (뭐 나 하나로 파괴될 생태계가 아니긴 하지만) 내가 잘 하고 있을까? 혹은 이 방향이 맞을까? 질문에 위로가 된 글. 그래 열심히 창의노동을 하자. 기획, 카피, 피디, 광고주 타이틀이 중요한게 아니니까. 그리고 늘 새로운 방법을 찾자. 그게 재미있으니까.

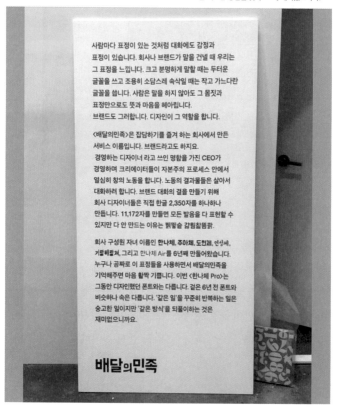

"배달의민족은 잡담하기를 즐겨하는 회사에서 만든 서비스 이름입니다. 브랜드라고도 하지요. 경영하는 디자이너라고 쓰인 명함을 가진 CEO가 경영하며 크리에이터들이 자본주의 프로세스 안에서 열심히 창의 노동을 합니다. 노동의 결과물들은 살아서 대화하려 합니다."

'창의 노동'은 어떤 역량보다도 창의성이 가장 중요시되는 노동이다. 그리고 창의성으로 경제적 가치를 창출하는 이들을 '창의 노동자'라고 한다. 창의 노동자에게 중요한 것은 '인풋의 시간', 즉 다양한 자극을 통해 영감을 받는 시간이라고 생각한다.

자신이 창의 노동자라면 그 시간을 길게 내보자. 그리고 '내가 잘하고 있을까? 이 방향이 맞을까?'라는 생각이 든다면, 사진 속 글을 쓴 나의 동료처럼 창의 노동을 하는 것에만 집중하자. 정형화된 프레임에 갇히지 말고, 방식을 되풀이하지 말고, 새로운 시대에 맞는 새로운 방법을 찾자. 이것이 창의 노동을 하는 사람들의 사명이기도 하니까.

버스 좀 세울게요

하루종일 내 마음을 따뜻하게 했던 〈머니투데이〉 기사 한 편.

무지개를 찍자며 버스를 세운 기사님도, 그걸 취재한 남형도 기자님도 멋지다. 이런 기사님 덕분에, 자극적인 기사가 아닌 이런 훈훈한 내용을 전하는 기자님 덕분에 여전히 세상은 따뜻하다는 걸 느낀다.

깊게 파기 전에

나는 깊게 파기 위해서 넓게 파기 시작했다. -스피노자

깊게 파기 전에 넓게 파볼 것. 몰입할 수 있는 것, 자신 있는 것, 잘할 수 있는 것, 하고 싶은 것을 찾아서 파내려가는 것도 좋지만, 그전에 세상에 무엇이 있는지 넓게 파보라는 철학자의 말씀. 옛날이나 지금이나 많은 것을 해보고 판단하는 힘을 기르는 건 중요한가 보다. 철학자의 말을 믿고 오늘도 넓게 파봐야겠다.

나에 대한 고민은 좋은 것

울언니 🐱   🔍 ☰

오후 4:51   ㅋㅋㅋㅋㅋ

 울언니 🐱

ㅋㅋㅋ

좋지 고민은

나에대한 고민은 늘 좋은것   오후 4:51

오후 4:51

스스로에 대한 고민은 늘 좋다고 말해주는 우리 언니.
결국 성장의 동력은 건강한 고민의 총량이다. 고민하는 과정에서 스트
레스 받지 말자.

세상을 놀라게 하자

괴물 안경, 어떻게 고객 마음 사로잡았나

세상을 놀라게 하자. 그거면 된다.

젠틀몬스터는 스스로 다섯 가지를 동시에 생산한다고 말한다. 하나는 '제품' 그 자체, 두 번째는 그것과 맞물린 '패션(스타일링)', 세 번째는 스타일리시한 제품을 착용한 사람들이 만들어내는 '문화', 네 번째는 그 문화가 흐르는 '공간', 다섯 번째는 그것을 가능케 하는 '기술'이다. 단순히 제품 하나에 집중하기 보다 각각의 요소가 이루는 일관된 브랜딩에 집중했다.

〈인터비즈〉에 실린 젠틀몬스터 인터뷰 중에서.

젠틀몬스터는 마치 색깔이 다른 다섯 개의 공을 저글링하는 브랜드 같다. 어느 공 하나가 눈에 들어온다기보다 각각의 공들이 보여주는 묘기(?)에 눈이 간다. '세상을 놀라게 하자'는 신념부터 놀랍다. 매번 새로움을 보여주는 기대되는 브랜드.

우주의 먼지라 할지라도

대우주에 흔적 하나라도
남기지 않을거면
무엇하러 태어났는가
-스티브잡스-

"대우주에 흔적 하나라도 남기지 않을 거면 무엇 하러 태어났는가."

스티브 잡스가 살아생전에 했던 모든 말은 명언이 되었다. 나도 먼지같이 살다 가고 싶지 않다. 그래서 끊임없이 기록한다. 나의 글을 쓴다. 나의 언어를 만든다. 그렇게 오늘도 나라는 사람의 흔적을 남기며 살아간다.

조금 앞선 두려움

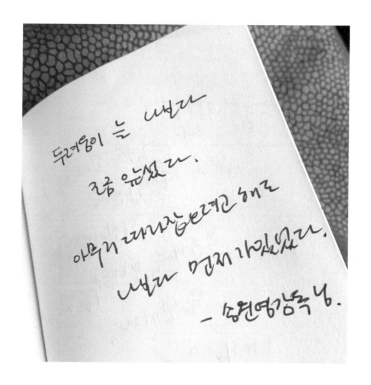

두려움 없는 사람이 있을까?

"두려움이 늘 나보다 조금 앞섰다. 아무리 따라잡으려고 해도 나보다 먼저 가 있었다."

두려움 없는 일은 거의 없을 테다. 하지만 두려움을 따라잡고 싶다는 마음 자체가 용기이자 시도처럼 느껴졌던 송원영 감독님과의 대화.

작품은 망해도 배우는 남으니까

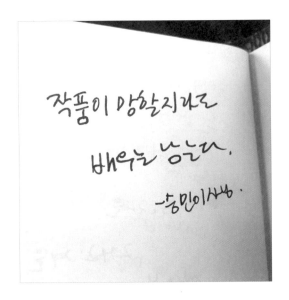

회사에서 진행하는 캠페인이 안 되었을 때, 맡고 있던 서비스가 종료되었을 때 해주신 리더의 말.

회사 이름이나 어떤 타이틀, 결과로 주어지는 보너스에 연연할 필요가 없다. 일한 후에 남는 것은 그 일에 임한 사람의 태도에 따라 달라지니까. 작품이 망해도 배우는 남는 것처럼.

'멋'있는 사람

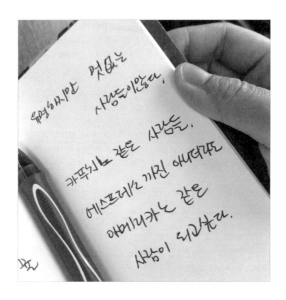

'멋'을 뭐라고 정의하면 좋을까? 자기 것을 자신의 방식대로 하는 사람? 뭐라고 말하지 않아도 멋이 배어나는 사람?

유명한데 멋있지 않은 사람이 너무 많다. 유명해지는 것보다, 멋을 잃지 않고 정진하는 사람이 더 대단해 보인다. 이 시대에 멋만큼 강력한 영향력은 없다.

내 삶에 적절한 조명은?

누군가는 일주일에 몇 번 어디서 일하는 게 뭐 그리 대수냐고 물을 수 있다. 말하고 싶은 점은 어떤 사람에게는 그게 대수라는 사실이다. 일이 삶에서 차지하는 비중이 큰 사람일수록 더 그렇고, 나처럼 자극에 예민한 내향형 인간일수록 더 그렇다. 앞서 이야기한 책 『콰이어트』에서 저자는 말한다. "삶의 비결은 적절한 조명이 비치는 곳으로 가는 것이다. 누군가에게는 브로드웨이의 스포트라이트가, 누군가에는 등불을 켠 책상이 그런 장소일 것이다."

나는 등불을 켠 책상이 필요한 사람이다. 당신은 어떤가?

소호
디자인 경영을 공부하고, 브랜드 컨설팅 에이전시 플러스엑스에서 브랜드 경험 기획자로 커리어를 시작했다. 이후 라인플러스와 라인프렌즈의 브랜드 마케팅팀을 거쳐 모빌스 그룹에서 '프리워커'로서의 삶을 영위 중이다.
@soho.works

"삶의 비결은 적절한 조명이 비치는 곳으로 가는 것이다. 당신은 어떤가?" 어반라이크 Working from home, 〈스포트라이트와 등불〉.

타인의 기대도 시선도 조명과 같다. 사람들의 관심, 즉 스포트라이트를 받는 삶이 좋은 사람도 있을 테고, 내가 켠 등불 아래서 나만의 시간을 고요하게 보내는 걸 좋아하는 사람도 있을 것이다. 어느 쪽이든 적절한 조명이 비치는 곳을 찾는 건 꽤 중요하고도 생산적인 행동이라고 생각한다.

번복하면서 성장한다

> 66
>
> *인생을 격정적으로 돌파하는 사람은 1년 전의 자기 말을 부정합니다. 한 인간의 삶을 그릴 때는 모순되고 비약되는 포인트가 있습니다. 단절의 순간이지요. 그 순간을 짚어낼 수 있어야 합니다.*
>
> 소설가 김탁환
>
> 99

예전에 쓴 결심이나 기록, 생각을 들여다보면 지금과 꽤 다른 내용이 눈에 띈다. 심지어 왜 이런 말을 썼지 싶은 것들도 있다. 하지만 나는 말한 것을 번복하는 것이 부끄럽다고 느끼진 않는다. 말을 자꾸 바꾸라는 뜻이 아니라, 자기 말을 번복하기를 두려워하지 않아야 한다는 뜻이다. 자기를 부정하고 번복할 줄 아는 사람만이 성장한다고 믿는다. 결정은 언제나 바뀔 수 있다. 내가 뱉은 말을 언제든 수정할 수 있는, 자기 부정을 할 수 있는 사람이 되고 싶다.

우리의 인생은 항상 좋다

초등고학년: 저학년일때가 좋았지
중등: 초등때가 좋았지
고등: 중등때가 좋았지
대학: 고등때가 좋았지
취업: 학생일때가 좋았지
퇴사: 일할때가 좋았지
노인: 젊을때가 좋았지

이제 눈치채셨나요?
당신의 인생은 항상 좋았다는거

친구가 보내준 사진 한 장. 우리는 힘들 때마다 "그때가 좋았지"라며 과거를 추억하곤 한다. 과거의 나빴던 감정과 상황은 가라앉고 좋았던 순간은 부각되기 때문이다. 과거를 추억하면 현재는 참 고단하고 힘들게 느껴진다. 하지만 현재도 나중엔 과거가 된다. 결국 우리의 매 순간은 항상 좋은 순간이다. 그러니 우리, 지금을 즐기자. 인생은 카르페 디엠!

패스 미스는 누구 잘못일까

패스 미스는 누구의 잘못일까

팬 여러분들은 경기 중에 패스 미스가 나오면 선수들이 서로 손을 들고 미안하다는 의사를 전달하는 모습을 본 적이 있을 것이다.

'네 잘못이잖아'라고 꼬집는 것이 아니라, 일단 본인이 먼저 미안하다고 손을 드는 것이다. 어차피 실수는 일어난 것이고, 경기는

"'네 잘못이잖아'라고 꼬집는 것이 아니라, 일단 본인이 먼저 미안하다고 손을 드는 것이다." 전 농구 선수 김태술의 블로그에서.

동료에게 물었다.

"내가 잘못한 게 없는데 왜 괴로울까요?"

동료가 말했다.

"농구에선 패스를 잘못하면 서로 사과를 한대. 그래서 나도 앞으로는 잘잘못을 따지지 말고 먼저 사과하자고 마음먹었어."

그래. 잘잘못을 따지는 게 뭐 그렇게 중요할까 싶다. 따지는 내내 마음만 괴로울 뿐인데. 어차피 실수가 일어나도 인생은 흘러간다. 잘잘못을 따지기 전에 먼저 사과하는 법을 익혀야겠다.

달라야 함을 안다

5년 뒤에 무슨 일을 할지 모르지만, 지금 내가 하는 것과 달라야 함을 안다.

크리스토퍼 니먼의 《오늘이 마감입니다만》 중에서.
조금씩 나태해질 때 나를 불러세우는 문장.

책을 마무리하며

　자신이 좋아하는 열 가지를 꼽아보자. 무엇이든 괜찮다. 그리고 그 열 가지가 어떻게 생겨났는지 생각해보자. 분명 누군가의 말 한마디, 사소한 생각과 행동에서 시작되었을 것이다. 영감은 작고 조용하고 눈에 띄지 않지만 어디에나 있다. 그리고 나눌수록 힘이 세진다. 이 책을 쓴 이유도 그 때문이었을 것이다.

　방법과 방향을 몰라 서툴게 시작한 기록이 내가 보낸 시간의 절반을 채웠다. 적극적인 관찰로 시작된 기록은 내게 좋은 것이 무엇인지 알려주었고, 좋은 것을 누군가에게 전하는 즐거움을 알려주었다. 기록할 수 있게 거기에 있어준, 닮고 싶게 거기에 있어준, 내 목소리를 들어준 모든 이들이 고맙다. 나도 누군가에게 그런 사람이 되고 싶다.

　나만의 언어를 만들어가는 분들을 응원하며.

이승희

별게 다 영감

2021년 12월 23일 초판1쇄 발행
2024년 6월 14일 초판9쇄 발행

지은이 이승희

펴낸이 김은경
편집 권정희, 장보연
마케팅 박선영, 김하나
디자인 황주미
경영지원 이연정

펴낸곳 ㈜북스톤
주소 서울특별시 성동구 성수이로7길 30, 2층
대표전화 02-6463-7000
팩스 02-6499-1706
이메일 info@book-stone.co.kr
출판등록 2015년 1월 2일 제2018-000078호

ISBN 979-11-91211-53-5 (03800)

북스톤은 세상에 오래 남는 책을 만들고자 합니다. 이에 동참을 원하는 독자 여러분의 아이디어와 원고를 기다리고 있습니다. 책으로 엮기를 원하는 기획이나 원고가 있으신 분은 연락처와 함께 이메일 info@book-stone.co.kr로 보내주세요. 돌에 새기듯, 오래 남는 지혜를 전하는 데 힘쓰겠습니다.